Tucholsky   Wagner   Zola   Scott   Sydow   Schlegel
Turgenev   Wallace   Fonatne   Freud
Twain   Walther von der Vogelweide   Fouqué   Friedrich II. von Preußen
Weber   Freiligrath
Fechner   Fichte   Weiße Rose   von Fallersleben   Kant   Ernst   Frey
Richthofen   Frommel
Engels   Fielding   Hölderlin
Fehrs   Faber   Flaubert   Eichendorff   Tacitus   Dumas
Eliasberg   Ebner Eschenbach
Feuerbach   Maximilian I. von Habsburg   Fock   Zweig
Ewald   Eliot   Vergil
Goethe   Elisabeth von Österreich   London
Mendelssohn   Balzac   Shakespeare
Lichtenberg   Rathenau   Dostojewski   Ganghofer
Trackl   Stevenson   Doyle   Gjellerup
Mommsen   Tolstoi   Hambruch
Thoma   Lenz   Hanrieder   Droste-Hülshoff
Dach   von Arnim   Hägele   Hauff   Humboldt
Reuter   Verne
Karrillon   Garschin   Rousseau   Hagen   Hauptmann   Gautier
Defoe   Hebbel   Baudelaire
Damaschke   Descartes
Hegel   Kussmaul   Herder
Wolfram von Eschenbach   Schopenhauer   Rilke   George
Bronner   Darwin   Melville   Grimm   Jerome
Campe   Horváth   Aristoteles   Bebel   Proust
Bismarck   Vigny   Barlach   Voltaire   Federer   Herodot
Gengenbach   Heine
Storm   Casanova   Tersteegen   Grillparzer   Georgy
Chamberlain   Lessing   Langbein   Gilm   Gryphius
Brentano   Lafontaine
Strachwitz   Claudius   Schiller   Schilling   Kralik   Iffland   Sokrates
Katharina II. von Rußland   Bellamy   Raabe   Gibbon   Tschechow
Gerstäcker
Löns   Hesse   Hoffmann   Gogol   Wilde   Vulpius
Luther   Heym   Hofmannsthal   Gleim
Roth   Heyse   Klopstock   Klee   Hölty   Morgenstern   Goedicke
Luxemburg   Puschkin   Homer   Kleist
La Roche   Horaz   Mörike   Musil
Machiavelli
Navarra   Aurel   Musset   Kierkegaard   Kraft   Kraus
Nestroy   Marie de France   Lamprecht   Kind   Kirchhoff   Hugo   Moltke
Laotse   Ipsen   Liebknecht
Nietzsche   Nansen
Marx   Lassalle   Gorki   Klett   Ringelnatz
von Ossietzky   May   Leibniz
vom Stein   Lawrence   Irving
Petalozzi   Platon   Knigge
Sachs   Pückler   Michelangelo   Kock   Kafka
Poe   Liebermann
de Sade   Praetorius   Mistral   Zetkin   Korolenko

Der Verlag tradition aus Hamburg veröffentlicht in der Reihe **TREDITION CLASSICS** Werke aus mehr als zwei Jahrtausenden. Diese waren zu einem Großteil vergriffen oder nur noch antiquarisch erhältlich.

Symbolfigur für **TREDITION CLASSICS** ist Johannes Gutenberg (1400 — 1468), der Erfinder des Buchdrucks mit Metalllettern und der Druckerpresse.

Mit der Buchreihe **TREDITION CLASSICS** verfolgt tradition das Ziel, tausende Klassiker der Weltliteratur verschiedener Sprachen wieder als gedruckte Bücher aufzulegen – und das weltweit!

Die Buchreihe dient zur Bewahrung der Literatur und Förderung der Kultur. Sie trägt so dazu bei, dass viele tausend Werke nicht in Vergessenheit geraten.

Allerleirauh

Otto Stoessl

Impressum

Autor: Otto Stoessl
Umschlagkonzept: toepferschumann, Berlin

Verlag: tredition GmbH, Hamburg
ISBN: 978-3-8424-1402-0
Printed in Germany

Bubenreise

Dem Andenken eines lieben Verstorbenen

Der kleine Andreas Amersin war dreizehn Jahre alt, als er aus dem Bauernhof in die Fremde kommen sollte. Das bedeutete zu seiner Zeit viel mehr als heute, denn da gab es noch keine Eisenbahn, die das Reisen gewöhnlich und den Raum gering gemacht hat. Es war in den dreißiger Jahren des vorigen Jahrhunderts.

Katharina Amersin, die verwitwete Bäuerin eines weiten Hofes zu Lichtenau, einem offenen, hohen Talorte der oberösterreichischen Landschaft, hauste mit ihrem Vater, zwei ledigen Brüdern und ihrem Buben, dem Andreas, in aller Ruhe und wäre allein wohl niemals auf den Gedanken gekommen, ihr Kind nach Wien zu schicken. Das war vielmehr der Einfall eines Mächtigen, der hier im Mühlviertel herrschte.

Dieser Herr Bodner war vor langen Jahren eben so ein Bauernbub gewesen, wie Andreas Amersin, kam aber in die Welt hinaus und hatte so wohl gewirtschaftet, daß er, in die Heimat zurückgekehrt, ein Grundstück um das andere erwarb, einen großen, mannigfachen Betrieb anlegte und auf diese Weise unmerklich alle Menschen der Gegend in seinen Bereich einbezog. Herr Bodner hatte nämlich Hopfenpflanzungen, wo allein schon etliche hundert Leute im Herbste mit dem bloßen Abbeeren zu tun fanden, eine Mälzerei, welche mächtige Gerstenmassen zu sich nahm und eine Brauerei, die sie wieder zu einem süffigen Biere verbraut, an alle Gasthöfe ringsum herausgab. Ferner besaß er eine ansehnliche Weberei und Bleicherei und tat an die zahlreichen Hausweber Flachs und Lein aus, die er in fertigen weißen Stücken wieder empfing. Kurz, mit seinem Gelde ging es wie mit dem Bumerang der Wilden, sie schleudern ihn, er erschlägt mit einem runden Wurf ein Dutzend Feinde und kehrt fromm, als sei nichts geschehen, in die Hand zurück, die ihn ausgeschickt.

So stand jedermann irgendwie mit Herrn Bodner in Verbindung. Der eine baute Gerste und verkaufte sie ihm, der zweite schloß über seine Hopfenfechsung mit ihm ab, der dritte hatte zu Hause einen Webstuhl, der Herrn Bodners Leinwand webte, einer war in seiner

Mälzerei Mälzer, ein anderer in seiner Brauerei Brauer, einer lieferte ihm Holz, ein anderer führte Herrn Bodners Wagen oder fütterte sein Vieh, ein letzter aber, der schon gar nichts für ihn zu verrichten hatte, beschäftigte sich zumindest als Zecher mit seinem Bier, so daß selbst die Unzufriedenen und Murrenden, wie verneinende Engel des Herrn, an den Wirtstischen ihre lästerlichen Reden gegen den Mächtigen nur bei dessen eigenem Gebräu loswerden konnten.

Herr Bodner aber war aus Güte klug oder aus Klugheit gut und wußte darum seine Macht recht grün zu bewahren, so daß sie an der Gegend nicht zehrte, sondern sie wieder stärkte.

Zu den Mitteln, die er aufwendete, um sein Vermögen auf dem schönen hohen Stande zu behaupten, gehörte unter anderem, daß er auf allen Menschenwuchs ringsum ebensogut acht hatte, wie auf die sonstige Konjunktur, denn er wußte wohl, daß die Büblein, die heute auf der Landstraße von Lichtenau den Großen zwischen die Beine gerieten, einmal seine Soldaten werden müßten. Deshalb kümmerte er sich um die Schule des Ortes und half gerne da und dort aus, wo bei kinderreichen Eltern irgendeine Not eingetreten war. Traf er aber einen besonders wohlgeratenen Burschen, so scheute er nicht, einmal ein ordentliches Stück Geld sozusagen in einem blondschopfigen Menschen selber anzulegen.

Derart hatte er auch den Andreas Amersin ins Auge gefaßt, der in der Schule sehr hellköpfig, in der Kirche ein würdiger Ministrant und überhaupt anstellig und munter war.

Da Herr Bodner vermutete, aus dem Knaben ließe sich etwas machen, redete er der Mutter zu, der Hof müsse doch früher oder später in die Hände ihrer Brüder kommen und sei außerdem nicht besonders ergiebig, so gewärtige Andreas, wenn er hier bleibe, das armselige Schicksal eines Knechtes in seinem eigenen Mutterhause. Ginge er aber nach Wien in die Webschule, so könne er es gewiß zu einer ordentlichen Stellung bringen, wofür er, Herr Bodner höchstselbst sorgen wolle. Die Frage sei somit nur, ob sie ja sage. Und wie die Frauen überhaupt lieber ja als nein sagen, tat dies auch die Frau Amersin und die Sache war bald ausgemacht.

Nun kam die erste, letzte große Schwierigkeit: Was kriegt der Bub zum Anziehen mit? Bisher hatte freilich eine Lederhose, ein Hemd und eine kleine Joppe genügt und noch weniger auch, wenn es heiß war und Andreas dem Vieh nachlief. Aber für die Stadt und gar für ein außergewöhnliches Schicksal, dem er entgegenging, taugte diese Tracht nicht. Da mußte etwas geschehen. Der alte Großvater hatte einen rettenden Einfall. Wie wär's, wenn er seinen Mantel opferte? Das war nämlich ein kragenförmiger schwarzer Umhang von rätselhafter Weite, worin, wenn es not tat, nicht nur wie in der alten Toga des Römers Krieg und Frieden, sondern außerdem noch zwei Leute und ein Kalb sich hätten bergen können. Aus diesem unverwüstlichen Tuche nähte Frau Amersin ihrem Jungen nach bestem Können und Wissen einen vollkommenen städtischen Anzug, dazu einen ehrbaren Mantel und behielt immerhin noch die Hälfte übrig, womit sich in Zukunft für alle Fälle sorgen ließ.

Der Reisetag kam also getrost heran, ein Frühwintermorgen, klar, silbergrau. Die Sonne ließ sich hinter einem gleichmäßigen Wolkenschleier nur ahnen, das weite Tal stand hell und kühl mit schwarzen Bäumen da und vor dem großen gelben Hause des Herrn Bodner war schon der offene, viersitzige Wagen, mit zwei Braunen bespannt, in Bereitschaft.

Katharina Amersin führte den Andreas an der Hand von ihrem Hofe zu diesem Hause. Und dieser Weg war eigentlich die einzige Besonderheit des wichtigen Tages, denn wie wäre es ihr in gewöhnlichen Zeiten eingefallen, den Buben an die Hand zu nehmen und auf solche feierliche Weise mit ihm daherzukommen! Freilich machte sie sich nicht klar, daß sie ihn derart wie ein hilfloses Kalb in die Welt hineinleitete, sondern sie hielt es nur eben für selbstverständlich, daß sie den Andreas dem Herrn Bodner zuführen und daß sie ihn aus diesem Grunde dabei an der Hand nehmen müsse.

Außerdem hatte sie ihm noch lange vor dem Aufbruch die erforderlichen Gebote gegeben, die vor allem sehr streng dahin gingen, daß er Herrn Bodner in allen Stücken zu gehorchen und sich durchaus ehrerbietig, dankbar und bescheiden zu verhalten habe. Im besonderen sollte er auf seine Kleider achten, daß er sie erstens nicht verliere, zweitens nicht verderbe und drittens, wenn er sie doch verdorben habe, rechtzeitig irgendwo flicken lasse, daß er nicht vorlaut sein sollte und nur gefragt, aber dann stets bescheiden rede und dergleichen Ratschläge mehr, die, wie Andreas bald erfuhr, nur den einen großen Mangel hatten, daß sie leider zu allgemein gehalten waren. Kam er in eine bestimmte, sehr deutliche Verlegenheit und besann sich auf die empfangenen Lehren, so war es jedesmal höchst zweifelhaft, wie er sie befolgen sollte. Aber darum waren es eben Lehren, weil sie nicht so leicht angewendet werden konnten. Doch davon soll jetzt nicht weiter die Rede sein.

Auf dem Wege begegnete Frau Amersin manche Bekannte, die ja sämtlich wußten: Herr Bodner würde mit seinem eigenen Sohn und mit Andreas Amersin und Peter Breier, einem zweiten gleichalterigen Schützling, heute nach Linz und von dort weiter nach Wien fahren. Und weil dieses Ereignis längst vorausgesagt war, erregte der Gang des Knaben und der Mutter kein besonderes Aufsehen, vielmehr nickte man ihr nur freundlich oder gleichgültig oder neidisch zu und rief ihr höchstens ein paar Worte über die Schulter nach.

Andreas war freilich aufgeregt, ließ es aber auch nur unwillentlich durch seine roten Ohren und durch den Glanz seiner blauen Augen merken und sagte nichts weiter, ebensowenig wie seine Mutter, die sicherlich manche Zuversicht oder Angst, Hoffnung oder Bangigkeit verschwieg.

Nun waren sie, eine geraume Weile vor der verabredeten Stunde, auf dem Platze vor dem Herrenhause angelangt. Ein frischer Wind fuhr in ihre Kleider und rötete ihre Wangen. Andreas schaute auf die schönen Pferde und war stolz, mit diesem Prachtfahrzeug in die Welt hinauszuziehen. Die Rosse dampften und machten ihrer Ungeduld manchmal durch ein heiteres Wiehern, Stampfen und Schweifschlagen Luft, wovon ihr blankes Geschirr klirrte und die Kutsche in ihren Federn knarrte und schaukelte. Im Herrenhause war alles in Bewegung. Außer dem gewöhnlichen Her und Hin einer großen Wirtschaft, eines ausgebreiteten Betriebes, wo es immer ein unablässiges Kommen und Gehen gibt, bot die bevorstehende Reise des Chefs zu besonderer Geschäftigkeit Anlaß; ein Diener brachte allerhand Gepäck und belud den Bock des Wagens, ihm reichte Frau Amersin auch ihres Sohnes bescheidenes Bündel, das sie bisher unterm linken Arm verborgen gehalten hatte. Eine Magd schleppte Pelzdecken herbei, die für den offenen Wagen in dieser Jahreszeit erforderlich waren. Und dann stand auf einmal Peter Breier, der Reisegefährte neben Andreas, freilich nicht an der

Hand einer Mutter, denn er hatte längst keine mehr, sondern nur einen Vater und dazu einen außerehelichen, der von ihm gar nichts wußte, weshalb er von einer Schwester seiner Mutter aufgezogen worden, die bei Herrn Bodner diente. Peter Breier war also eine Art Hauskind. Aber auch er war sorgfältig und als Zukunftsstädter gekleidet und besaß sogar einen steifen Filzhut. Er stellte sich neben Andreas auf und nun schwiegen beide zweistimmig.

Endlich öffnete sich die Tür des Herrenhauses und Herr Bodner erschien, im Pelz, ein stattlicher, beleibter Vierziger mit einem glattrasierten Bauerngesicht, das sich doch als solches bei allem Reichtum und guten Gewohnheiten verriet. Da waren gewisse Falten um den Mund und an den Schläfen, die nur in einem Bauerngesicht so stehen und hinkommen, wenn es dem Manne noch so gut geht, denn sie gehören zu seinem Geschlecht und sind keineswegs von Sorge oder bösen Jahren, sondern von der arbeitsamen Zeit in das Antlitz gepflügt, wie die Furchen in den Boden. Und über der Lippe starrten graue Stoppeln, der Schnurrbart wollte dem Herrn Bodner nicht eben zierlich wachsen. Seine Haut war rot und braun und am Halse faltig. Kurz, Frau Amersin brauchte sich ihres Gönners nicht zu schämen, denn er war ihresgleichen. Aber um seine Lippen lag doch ein Lächeln, das ihr fremd sein mußte, ein huschendes, das gleich wieder verschwand und einer Spannung oder Lässigkeit wich, ein Lächeln, das jetzt gut, jetzt gleichgültig, jetzt bewußt freundlich oder schlau, jetzt ganz fern und fast hilflos schien, ein Lächeln, das nur des neuen Mannes, nicht des Bauernsohnes war. Dieses Lächeln kannte sicher Herrn Bodners Vater noch nicht und hatte es seinem Sohne nicht vererbt, das hatte der mit seinem Reichtum und seinen Erfahrungen draußen in der Welt selbst erworben und gelernt. Er wußte sicher nicht wie, vielleicht war es zuerst schüchtern auf seine Lippen getreten, als er um seine vornehme Frau gefreit, die ihn jetzt auf die Stiege hinaus begleitete, zart, noch ziemlich jung und seltsam hilflos, in einem spitzenbesetzten weiten Morgenkleide, einen blauen Kragen um die Schultern geworfen. Die war fremd im Lande. Sicherlich schadete das Lächeln dem Herrn Bodner nicht weiter, denn er stand sehr fest auf seinen Beinen und die Zähne, die bei seinem Lächeln hinter den schmalen Lippen erschienen, blinkten recht weiß und gesund. Aus dem ganzen Manne sprach Sicherheit und Herrschaft, und nur das arme bißchen Lächeln kam vielleicht von einer heimlichen, unterdrückten Schwäche. Aber hätte er dieses wunderliche Lächeln nicht besessen, so wäre ihm wohl niemals eingefallen, sich des kleinen Andreas anzunehmen.

Herr Bodner rief laut und vergnügt Frau Amersin an, die mit Andreas und Peter Breier, der unwillkürlich alles mittat, um den Wagen herum zur Stiege näher trat. Hier begrüßte Frau Bodner freundlich die drei, reichte der Mutter und den Buben die Hand und sagte: »Das ist schön, daß Sie uns Ihren Jungen anvertrauen, wir werden schon auf ihn achtgeben.«

»Ja, du wirst schon, Agnes, du hier in Lichtenau auf den Andreas in Wien. Du wirst schon achtgeben. Sie können sich darauf verlassen, Frau Amersin.« Frau Bodner errötete bis über die hohe Stirn und lachte verlegen über den Spaß, den ihr Mann trieb, so daß ihr dieser tröstend unter das Kinn griff und den widerstrebenden Kopf hochhob, bis er ihrem unwilligen Blick begegnete. Da kam rasch wieder der Ernst in sein Gesicht und er sagte ganz geschäftsmäßig: »Nun Frau Amersin, wir haben ja alles ausgemacht, hoffentlich hält sich Ihr Bub recht brav und es wird uns beide nicht gereuen. Also Ferdinand, steig ein!«

Das war sein eigener Sohn, ein hochaufgeschossener, blondlockiger, junger Herr von vielleicht fünfzehn Jahren, aber schon durchaus weltgewandt. Der küßte seiner Mutter die Hand. Sie aber umschlang ihn zärtlich und küßte ihn lange auf Wangen und Mund, Stirne und Haare und hatte im letzten Augenblicke noch so viel zu sagen, daß Herr Bodner ihn durch ein sanftes Klopfen auf die Schulter neuerlich zum Aufbruch ermahnen mußte.

Schließlich bestieg Ferdinand den Wagen, Herr Bodner küßte seine Frau auf die Stirne: »Schön brav sein, Agnes, auf Wiedersehen, Allons!«

Er nahm neben seinem Sohne den Rücksitz ein, während Andreas und Peter sich auf dem Vordersitz breitmachen durften.

Frau Amersin stand vor dem Wagen, indes Frau Bodner auf der Stiege blieb, lächelte und winkte. Dagegen verweilte Frau Amersin ganz ruhig und sah Andreas an, welcher ebenso still ihr entgegenblickte. Und während Herr Bodner und Ferdinand und die umstehenden Dienstleute und die verlegen lächelnde Dame auf der Stiege einander alle möglichen Abschiedsworte, Wünsche, Aufträge, Grüße zuriefen und auf diese Weise einen heiter-wehmütigen Lärm vollführten, sagte Frau Amersin nur ganz leise: »Leb wohl und sei ordentlich.« Andreas nickte und dies war alles.

Während der Wagen sich in Bewegung setzte und der Sand knirschte, zog Herr Bodner seinen Hut und rief noch: »Grüß Gott, Frau Nachbarin,« winkte seiner Frau, die mit ihrem Taschentuche wehte, Ferdinand schwenkte seine Mütze und stand im Wagen aufrecht, Andreas aber wandte nur seinen Kopf nach der Mutter zurück und blickte nach ihr, wie sie nach ihm, ohne ein anderes Zeichen des Abschiedes.

Peter Breier aber, der niemand hatte, sah vor sich hin auf die Straße und war neugierig, wohin sie führen sollte.

———

Der Wagen fuhr nun eine holperige weiße Landstraße entlang in hübschem Trabe, an Gehöften vorbei, längs eines schwatzenden, dunkel hinströmenden Wassers, unter Bäumen, dann im Freien an schwarzen winterlichen Feldern vorüber, bergauf und -nieder, die Hufe der Pferde klapperten munter und Andreas schaute umher. Freilich kannte er längst diese Gegend weit und breit. Da gab es keinen Bauernhof, wo er nicht hingekommen war, von den meisten Obstbäumen hatte er Äpfel genossen, im Fluß gebadet, auf den Wiesen sich umgetrieben, aber wie groß sah alles von dem Wagen aus, in welchem er fürstlich daherfuhr! Mit den bloßen Wanderfüßen hatte sich die Gegend wahrlich anders angefühlt!

Jedenfalls gedachte Andreas, was immer kommen möge, sich von nichts anfechten zu lassen und brav zu halten. Deshalb bemühte er sich auch, möglichst wenig zu denken und beileibe nichts anzustellen. Darauf hatte er am meisten acht, keine Dummheit zu reden, schwieg daher ganz und vermied es am leidenschaftlichsten, etwa eine Ungeschicklichkeit sich zuschulden kommen zu lassen, besonders sich zu schneuzen, was er für den Gipfel der Ungezogenheit hielt. Daß er in einem Wagen mit Herrn Bodner reisen durfte, nahm sein ganzes Denken in Anspruch, es war nicht anders, als säße er dem Kaiser gegenüber. Soweit er die Welt kannte und so viel Landes hier das Himmelreich umspannte, war Herr Bodner der Reichste.

Nach etwa zwei Stunden Fahrt hielten sie vor einem großen Einkehrgasthause. Der Wirt stand barhaupt und ehrerbietig grüßend vor dem Tore und fragte Herrn Bodner, ob er nicht auf dieser Rast ein kleines Frühstück beliebe.

»Der Herr Sohn wird gewiß Hunger haben und die Buben schon gar.« Damit deutete er auf Peter und Andreas.

Wie der Kutscher sich bei den Pferden zu schaffen machte, verriet Herrn Bodner mit Bestimmtheit, daß dies für sie einen Sack Hafer und einen Trog Wasser, für den Lenker einen halben Liter Wein und eine große Wurst, für ihn aber eine gute Stunde Aufenthalt bedeute, er entschloß sich darum, auszusteigen, verließ den Wagen und trieb seine Schützlinge vor sich her, an dem dienernden Wirte vorbei, durch den Flur in die Stube.

Dort war in weiser Voraussicht schon ein Tisch gedeckt und bald allerhand Essenswertes auf dem weißen Linnen reichlich angeordnet. Herr Bodner und Ferdinand bedienten sich nur mit wenigem, so daß Andreas, der ihnen in allem nachzutun des unbedingten Willens war, schon einige Furcht empfand, bis ihn Herr Bodner ermunterte: »Eßt nur, Kinder, wir beide haben schon gefrühstückt, bis Linz müßt ihr ohnehin aushalten und der Weg ist noch weit genug.«

Also durfte gegessen und getrunken werden, war es ihnen doch sogar befohlen. Inzwischen hatte sich mit dem Wirt eine angelegentliche Unterhaltung angesponnen über alle Neuigkeiten und Nachrichten der letzten Zeit, und so kam das Gespräch auf einen Brand, der ein dürftiges hochgelegenes Gehöft am gestrigen Tage betroffen. Der Wirt zeigte vom weißgegitterten Fenster den nahe gegenüberliegenden Höhenzug, auf dessen Gipfel man in der Tat einen geschwärzten Mauerrest sah, den alle noch unlängst als reinliches kleines Anwesen gekannt hatten. Die fleißige arme Familie sei schwer betroffen und wüßte sich nicht zu helfen. Herr Bodner erkundigte sich eingehend um alles Nähere und dies so dringlich und sachkundig, daß der Wirt schließlich sagte, ganz genau wisse er selbst nicht Bescheid, doch könne die Frau des Abbrändlers über alles wohl am besten Auskunft geben, die bei der seinen vorläufig Unterschlupf gefunden habe. Damit eilte er gleich auch fort, sie zu holen. Bald kam er dann mit einer früh gealterten, gebeugten, noch jetzt vor Aufregung ganz bewegten Bäuerin wieder, die nur unter Tränen von dem Unglück berichten und ihren großen Schaden schildern konnte. Herr Bodner hörte ihr zu, ohne viel zu sagen, unterbrach sie gelegentlich mit den erforderlichen Fragen, sein Bedauern durch angebrachte Ratschläge betätigend, schließlich zog er unversehens und ohne daß die Frau ihn gebeten oder auch nur an solche Hilfe gedacht haben mochte, seine Brieftasche hervor und entnahm ihr ein feierlich bedrucktes Papier, welches Andreas von weitem las und ehrfürchtig als »Hundert Gulden Schein« erkannte.

Mein Gott, hundert Gulden! Andreas sah Herrn Bodner, sah diesen Zettel als ein braunes Papiernichts aus der Brieftasche geholt und hergeschenkt, sah die Frau, welche schluchzende Beteuerungen überraschter Dankbarkeit hervorstieß, den Wirt, der staunend über diese Großmut seines Gastes entzückt die Serviette schwenkte und umherschwänzelte, sah dies ganze mächtige Ereignis voll Ehrfurcht, als hätte er die rätselhafte Vorsehung selbst zum ersten Male vor Augen bekommen.

Kaum war die beschenkte Unglückliche fortgegangen, um ihren Mann und alle Teilnehmenden von dem hohen Zufalle zu unterrichten, als sich das Gerücht von der Anwesenheit und beglückenden Gnade des Herrn Bodner schon ringsum offenbart hatte, wie sich namentlich die zahlungswillige Laune eines Großen recht eigentlich sympathetisch verbreitet, so daß alle Betroffenen es plötzlich in Armen, Händen, Beinen, Augen jucken fühlen: Ha, da beißt mich Geld!

Und siehe! Mit einem Male schob sich ein verwahrloster, nachlässig gekleideter, einarmiger Mann mit einer Kriegsmedaille und einem sehr verdächtig roten Gesicht, gleichsam in einer Dunstwolke von allerhand Spiritus ins Zimmer und trat auf Herrn Bodner mit einer Verbeugung zu. Dieser aber schrie ihm – einem im ganzen Lande wohlbekannten Landstreicher – ohne erst eine Anrede abzuwarten, mit rauher Bauernstimme entgegen: »Schau er aber augenblicklich, daß er hinauskommt, du stinkender Weinlümmel, dir will ich's einschenken, wenn du dich nicht gleich davon machst.«

Der auf diese Art unversehens Verdonnerte geriet dadurch jedoch keineswegs außer Fassung, sondern richtete sich in die militärisch stramme Positur des Ehrenbeleidigten, zeigte eine gekränkte und gebührend verstimmte Miene und sprach mit vornehmer Zurückhaltung: »Aber Sie entschuldigen schon, Herr von Bodner! Ich komme in aller Güte zu Ihnen und will Sie ganz freundlich um ein kleines Darlehen ersuchen und Sie benehmen sich so!«

Da mußte der Herr Bodner freilich lachen, daß es ihn schüttelte, ehe er antwortete: »Nun, wenn Sie in aller Ruhe kommen, Verehrtester, so gehen Sie gleich auch in aller Ruhe, wenn ich Ihnen ganz freundlich raten darf.«

Der Bettler entfernte sich kopfschüttelnd, nicht ohne daß Herr Bodner dem erschrockenen, die Unverschämtheit des Eindringlings aufgeregt bejammernden Wirte den Auftrag gab, den weltgewandten Vagabunden draußen mit einer kleinen Mahlzeit abzufüttern.

So hatte Andreas Amersin in einer Stunde das freundliche und das grimmige Gesicht der leibhaftigen Vorsehung angeschaut.

Bald nach diesem Zwischenfalle war der Kutscher wieder bereit und unsere Reisegesellschaft bestieg neuerlich den Wagen, der nun in einem Zuge bis nach Linz fuhr, wo er nachmittags anlangte.

Linz gehört ja selbst heute noch eben nicht zu den Großstädten, damals aber umfaßte es kaum viel mehr als den Hauptplatz, um den einige Gassen liefen, die sich bald ins Freie verloren. Aber wie mächtig erschien selbst diese kleine Landeshauptstadt unserem jungen Lichtenauer, welcher bisher nur sein Dorf und ein paar andere Dörfer gesehen hatte, etliche Bauernhäuser mit freien Ellenbogen, durcheinander gelümmelt um eine hochgelegene weiße Kirche. Hier aber wohlgeordnete, hohe, ziervolle Gebäude mit mehreren schön gegliederten Stockwerken, unten mit Läden besetzt, auf gepflasterten Straßen ein lebhaftes Treiben von Fuhrwerken aller Art, auf den Bürgersteigen städtisch gekleidete Männer und Frauen in eiligem, doch nicht anmutlosem Durcheinander, ein brausender Lärm, den er noch nie vernommen, furchterregend, anders wie das Sausen der Wipfel, das ihm vertraut war, auf dem breiten, glänzenden Strome Boote, Menschen, auf dem Wasser zu Hause, welche auf- und ausluden, Holz- und Steinlasten auf Flößen beförderten oder am Ufer schiffziehende, schwere Pinzgauer antrieben. Und darüber mit einem Male ein breiter, goldener, ausschwingender Hall von mächtigen Glocken. Andreas konnte nur Augen und Ohren öffnen, staunen und wiederum schweigen, was jetzt freilich das Schwierigste war.

Der Wagen hielt vor dem »Kaiser von Österreich«, dem größten, ältesten und stattlichsten Gasthof der Stadt und da sprang nicht der Wirt, sondern ein Mann mit Livree und goldbordierter Kappe vor und half, wie ein General dem Kaiser, den Ankömmlingen aus der Kutsche.

Als Herr Bodner, auch hier wohlbekannt, den Flur betrat, wurde er von einem zweiten Herrn in schwarzem Rock mit fliegenden Schößen, von einem dritten, vierten, fünften unter ehrfurchtsvollen Gebärden bekomplimentiert, der dritte war jünger, kleiner und dünner als der zweite, der vierte schmächtiger als der dritte, jeder zeigte mit einladender Handbewegung anderswohin, ob es da gefällig wäre und jeder wartete ab, was der andere mit seiner Aufforderung für ein Schicksal haben werde. Herr Bodner beachtete indessen diese fünffache Artigkeit gar nicht weiter, sondern ging unbeirrt tiefer in den Flur hinein, bis aus der Küchentüre die Frau Wirtin trat, eine rundliche, heißrote, liebe Frau, der die Gesellschaft so hochwillkommen schien, daß sie mit ganzem Gesichte lachte und ihr Lachen gluckend und kichernd emporsteigen ließ, wie einen Flug Tauben:

»Ah, das ist aber schön, Herr von Bodner, daß Sie uns wieder einmal beehren, schon lange nicht das Vergnügen gehabt, wie steht das werte Befinden, das ist gewiß der Herr Sohn, was für ein großer, lieber junger Herr, der ganze Vater muß man sagen, mein Gott, bereits so groß!«

Herr Bodner entgegnete behaglich: »Wenn Sie den Buben nicht sehen würden, möchten Sie gewiß nicht glauben, daß ich schon so alt bin, wie es leider wahr ist, denn dem Ansehen nach bleiben wir beide, Sie und ich, immer Kinder, ja wir beide werden sogar immer jünger.« Dabei faßte er die würdige Dame unterm Kinn, wobei sie abermals einen Ruck Tauben emporlachte.

Andreas staunte.

Schließlich wurden Zimmer bestellt, aber da es noch früh am Tage war, sagte Herr Bodner, er habe mit seinem Sohne manches in der Stadt zu besorgen, Andreas und Peter Breier könnten derweilen sich vor dem Hotel umherbewegen und die Stadt ansehen, doch ohne sich so weit vorzuwagen, daß sie sich etwa verirrten.

So gingen die beiden denn spazieren, der eine nach der rechten, der andere nach der linken Seite, um nach einer Weile sich wieder besonnen zurückzuwenden und einander zu begegnen. Kaum war Andreas einige Schritte vorwärts gekommen, als er einen geistlichen Herrn sich nähern sah. Da mußte er sich wundern, daß niemand den würdigen Mann grüßte oder ehrerbietig behandelte, während man doch in Lichtenau dies schon von weitem und innig tat. Als daher der schwarze Herr vor ihm war, stürzte Andreas, wie gewohnt, auf ihn zu, packte seine Rechte, drückte sie an die Lippen und sprach: »Küß die Hand, Hochwürden!« Der war etwas erstaunt und verlegen, entzog ihm rasch die ergriffene Hand, murmelte beinahe unwillig einen Gruß und eilte gesenkten Hauptes weiter. Bald kam ein zweiter daher, dem Andreas dieselbe Ehrenbezeugung leistete, ja noch ein dritter. Schließlich dachte der Knabe: »Jeden Augenblick gibt's aber bei uns zu Hause nicht einen neuen geistlichen Herrn.« Niemand tat wie er, sondern jeder ging ganz gleichgültig an den Kirchenmännern vorüber, so durfte man sich hier wohl gar nicht um sie kümmern, denn keiner der Geistlichen sagte ihm, wie er es doch gewohnt war, etwas Freundliches, vielmehr beeilte sich nur ein jeder, seine Hand in Sicherheit zu bringen. Darum grüßte er dann den vierten bloß scheu von weitem und da dieser nicht einmal das zu bemerken schien, schaute er endlich dem fünften getrost ins Gesicht, ohne den Hut zu ziehen und auch ohne weiter von einem Unheil betroffen zu werden.

Als er auf dem Rückwege seinem Kameraden begegnete, bestätigte auch Peter Breier, daß hier die Geistlichen ganz gewöhnliche Menschen seien.

Vom Spazierengehen und Schauen müde, waren beide froh, als es Abend und Essenszeit war und Herr Bodner mit Ferdinand wieder kam: »Da sind ja meine Buben!«

Jetzt nahm er mit ihnen im Speisesaale Platz. Andreas bewunderte den glatten Fußboden, die gemalten Wände, das glänzende Geschirr, das blendende Licht, die vielen, gut gekleideten Leute, insbesondere die Kellner, welche weit vornehmer schienen als die Gäste und doch lange nicht so freundlich behandelt wurden, wie der Wirt in Lichtenau. Herr Bodner bestellte für sich und seine Gefolgschaft Essen und Trinken: »Wenn Ihr sonst noch etwas wollt oder braucht, so sagt mir's nur, Buben!«

Im übrigen unterhielt er sich gelegentlich mit seinem Sohne, während dieser kaum ein Wort an die jungen Tischgesellen richtete, da er sie weder kannte, noch sich für sie sonderlich interessierte. Und wäre ihnen nicht ohne ihr Zutun reichlich vorgesetzt worden, so wären sie sicherlich still dagesessen und im größten Gasthause von Linz lieber Hungers gestorben, als aus freien Stücken ein Wort verlauten zu lassen und einen Bissen zu verlangen. Die Speisen mit Messer und Gabel ordentlich zu bewältigen, machte Andreas immerhin einige Mühe, da er an den Löffel gewöhnt war. Aber es ging.

Schließlich saßen alle behaglich an dem abgeräumten Tisch und im Nachgenusse der erheblichen Mahlzeit. Herr Bodner blies aus seiner dicken Zigarre den schönsten Rauch empor und teilte seine Aufmerksamkeit so lange zwischen den blauen Wolken und dem roten Weine, bis er müde wurde, vernehmlich gähnte und sagte, man müsse zeitig schlafen gehen, denn die neue Kutsche nach Wien sei für sieben Uhr morgens bestellt.

So begab sich die kleine Karawane in den ersten Stock, wo für Herrn Bodner und Sohn zwei große Zimmer, für die Knaben zwei kleine Stübchen bereit waren.

Der Herr Bodner nickte seinen Schützlingen, ehe er in seinem Raume verschwand, noch freundlich zu: »Legt nur Eure Kleider auf einen Sessel vor die Tür.«

Über diesen Befehl erstaunt, blieben die beiden Knaben ratlos eine Weile auf dem Gange stehen. Was sollte das nur wieder heißen?

»Unsere Kleider müssen wir hinauslegen?«

»Warum?«

Andreas sagte voll Sorge: »Da können sie ja gestohlen werden.«

»Das wird er nicht gemeint haben.«

Peter erklärte zwar mit sehr leiser Stimme, aber höchst bestimmt: »Ich tu's nicht.«

Andreas überlegte: »Er hat es angeschafft. Da muß ich folgen.« So tat er denn mit schwerem Herzen die Kleider hinaus und gedachte der widerspruchsvollen Lehren seiner Mutter. Er sollte auf sein Gewand achtgeben und doch wieder Herrn Bodner unbedingt gehorchen. Jetzt hatte er die Bescherung. Er war nicht schuld, wenn er morgen ohne Hose dastand.

Bekümmert schlief er ein und war in aller Frühe wach, noch lange vor Sonnenaufgang. Sein erstes war, aus dem Bette zu springen und vor die Tür nach seinen Kleidern zu sehen. Richtig waren sie weg! Das Weinen stand ihm näher, als das Lachen. Und während er überlegte, was nun zu tun sei, pochte es an die Tür.

»Ich bin schon auf,« rief er.

»Bitt' um die Schuh,« rief der draußen.

Jetzt sollte er die Schuhe auch noch abliefern, das war zu viel, von denen war auch gestern keine Rede gewesen.

»Ich hab' ja schon mein Gewand hergegeben,« sagte er halblaut.

Draußen auf dem Gang entfernten sich die Schritte. Andreas wartete eine geraume Weile, ehe er sich rührte, dann wagte er sich wieder behutsam vor die Türe und sah, mit welcher Freude, sein Gewand sorgfältig zusammengelegt auf dem Stuhle liegen. Jetzt stellte er seine Schuhe unbesorgt hinaus, um sie glänzend gewichst nach einer Weile wiederzufinden. Welche merkwürdigen Reisebräuche!

Trefflich ausgeruht fand sich unsere Gesellschaft beim Frühstück, es gab einen wohlriechenden, dampfenden Kaffee, mit krachenden weißen Semmeln, für Andreas, der immer nur eine Schale Milch und ein Stück Schwarzbrot als Morgenessen bekommen hatte, eine königliche Mahlzeit.

Auch Herr Bodner schien guten Mutes, denn er lachte seinen Schützlingen wiederholt zu und fragte Andreas: »Nun, wie gefällt's dir in der Welt?«

»Gut, Herr von Bodner.«

»Wir werden sehen, ob dir das Weben auch so wohl schmecken wird, mein Lieber, das geht schwerer als der Kaffee.«

Andreas und Peter bekamen noch ein zweitesmal eingeschenkt, indes Herr Bodner nach der Kutsche sehen ging. Endlich rief er seine Schützlinge.

Die wischten sich gehorsam und schleunig noch den Mund und eilten vor das Haus, wo die Kalesche reisefertig bereitstand.

Diesmal war es ein geschlossener, großmächtiger, schwarzgelber Wagen, denn Herr Bodner wollte für die weite Fahrt seine feinen Pferde nicht strapazieren und konnte natürlich auch sein leichtes offenes Gefährte nicht brauchen. Nur der Kutscher war ihnen treu geblieben.

Man stieg also ein, vom Hausdiener, den fünf Kellnern, dem Wirt und der Wirtin begleitet. Diese war wieder besonders freundlich – einerlei ob einer ankommt oder wegfährt, Wirtsleute zeigen immer ein vergnügtes Gesicht, sei es im Vorgefühl der Erwartung oder im Nachgeschmack des Verdienstes – sie ließ zum Abschied den hellsten Taubenflug von Gelächter in die Höhe steigen.

Dem Andreas und Peter steckte sie sogar ein Stück Backwerk zu, damit sie etwas zum Naschen hätten.

Endlich setzte sich der Wagen in Bewegung, rollte lärmend über das Pflaster und war nach einigen Minuten auf der freien Landstraße.

Heute ließ sich der Frühwintermorgen prächtig an, die Sonne glänzte unverhüllt vom blauen, hellen Himmel auf die bereiften Bäume und Wiesen herab und schimmernde leichte Reisewolken wanderten oben ihres Weges.

Als man sich auf den ledergepolsterten Sitzen häuslich eingerichtet hatte, gab es ringsum vielerlei zu sehen und zu bewundern, bald aber wurde die Gegend alt im ewigen einerlei von Feldern, Wäldern und Wiesen, in der Einsamkeit weiter Strecken, wo man nur zuweilen und weit von der Straße einen Bauernhof sah. Bloß an den Schlagbäumen gab es jezuweilen beträchtlichere Zerstreuung, denn der invalide Zöllner, welcher an jedem die Mautkreuzer einzog, fing mit dem Kutscher ein Gespräch an, und ein paar Bauern und Weiber standen immer dabei und schauten in den Wagen hinein, und die neugierigen Augen des Andreas begegneten fremden neugierigen Augen und wußten nicht, was sie davon halten sollten.

Aber auch daran gewöhnte man sich schließlich und wurde müde vom ewigen Rütteln und Schütteln.

Andreas erwehrte sich der Schläfrigkeit so gut es ging, denn er hielt es nicht für schicklich, etwa zu schlummern, wenn es Herrn Bodner am Ende einfiele, an ihn eine Frage zu richten. Der weniger wohlerzogene Peter Breier war längst in seine Ecke gedrückt und schlief.

Aber schließlich begann Herr Bodner selbst einzunicken, was Andreas zuerst respektvoll als tiefes Sinnen deutete, bis ihn ein merkliches Schnauben, Rasseln, Blasen, Sägen und Seufzen unzweifelhaft belehrte, daß sein Gönner schnarchte.

Nun überließ auch er sich der Ruhe, bis er zu Mittag vor einem Gasthause an der Landstraße erwachte, wo man Gott sei Dank etwas zum essen bekam, freilich minder bestaunt und bewillkommt als zu Linz, denn hier war man längst außerhalb des Machtbereiches des Herrn Bodner, der mit einem Male nur als ganz gewöhnlicher Reisender galt, wie viele andere, die hier Tag aus und ein verkehrten.

Nach Tisch hatte sich das Wetter getrübt, die Sonne schimmerte nicht mehr durch die dicht und grau gewordenen Wolken, um die Höhenzüge wallten Nebel, die kahlen Pappeln der Landstraße drohten schwarz gegen den Himmel und in den Lüften zog ein Krähenschwarm mit bekümmerten, heiseren Rufen.

Als sie weiterfuhren, fielen auf einmal dicke, schwere Flocken. Das Unwetter zog immer dichter, der Schnee wehte immer stärker, schließlich flirrte und wirrte alles vor den Augen und die Gegend wurde still und weiß, die Bäume standen als undeutliche und unförmige Haufen da, die begegnenden Häuser schienen seltsam in die Ferne gerückt, machte man vor einem Mautschranken Halt, so vernahm man die Stimmen nur gedämpft, wie von weitem, die ganze Welt war gedrückt, eingeschränkt und zum Schweigen gebracht, gleich einem Vogelbauer, worüber man ein Linnen gelegt.

Früh wurde es dunkel, der schwarze Himmel lag sternenlos über der Weite, die angelaufenen Wagenfenster glitzerten matt in ihrer blühenden Eiskruste, man sah nicht einmal mehr die Reisegefährten in der Kutsche deutlich, sondern nur schwarze Massen, welche sich leise bewegten, ab und zu ein Wort flüsterten, einen tiefen Atemzug und Seufzer taten, oder ein herzhafteres Schnarchen.

Und der Wagen bewegte sich stetig, langsam, fast unwillig. Die frühe Nacht stemmte sich ihm gleichsam entgegen und Andreas glaubte, man käme überhaupt nicht mehr weiter in der furchtbaren Öde und Unendlichkeit. Und so oft er aus dem Halbschlaf aufsah, fühlte er die gleiche schwere, drückende, dumpfe Luft, das gleiche schwarze Dunkel. Die weite Welt hatte sich wie eine Hölle aufgetan und sie lagen alle wehrlos in ihrem Maul. Da war kein Mensch ringsum, kein heller Laut, kein Licht. Fast hätte er aufgeschluchzt, wenn er nicht vor Herrn Bodner Angst gehabt hätte, der ruhig ihm gegenüber saß und schnarchte. Zu Zeiten zählte er von eins bis hundert, oder sagte das Vaterunser, oder stieß leise den Peter Breier, bis dieser knurrend erwachte, aber bald sich wieder umdrehte und weiterschlief.

Noch später gegen abend schien der Wagen fast gar nicht mehr weiterzukommen, die Pferde klirrten bei mächtigen vergeblichen Rucken im Geschirr, der Kutscher fluchte. Endlich blieben sie stehen. Herr Bodner schüttelte sich, gähnte freundlich und sagte noch im Halbschlaf: »Was gibt's?«

Dann klopfte er ans Wagenfenster. Der Kutscher öffnete den Schlag mit der Meldung, er bringe die Rosse nicht weiter, die Höhe sei zu steil. Da hieß es aussteigen und zu Fuß gehen, bis der Berg überwunden und der nächste Ort erreicht würde. Durchfroren machten sie sich im Stockdunkel auf den Weg. Weit in der Ferne sah man ein Licht. Langsam mit Hüh und Hott trieb der Fuhrmann hinter ihnen die Pferde an. Sie aber gingen wohl eine gute Stunde im tiefen Schnee. Herr Bodner an der Spitze, hinter ihm Ferdinand, Peter und Andreas zum Schlusse. Es schneite nicht mehr, aber es windete laut und heulte wunderlich um sie mit allen wilden, drohenden, knarrenden Stimmen der Weite, als seien ringsum Gewaltige aufgebracht, die sich über ihren Häuptern stritten.

Und das ferne Licht schwankte im Winde, so daß man gar nicht wußte, ob man ihm näher kam, bis man plötzlich davorstand und beim Orte war. Eine Türe wurde aufgerissen, man sah einen hellen Raum, roch eine warme Welle Küchengeruchs, welche gebratenes Fleisch und Bier und Wein verriet. Da spürte man plötzlich wieder Hunger und Kälte und die lauten, groben Stimmen drinnen klangen wie eine wahrhaftige Erlösung. Es gab Abendbrot und Nachtquartier, freilich keine befrackten Kellner, sondern nur einen Bauernwirt und nicht vier Zimmer, sondern nur eine große Schlafstube, in die man sich teilen mußte.

So wurde es wieder Morgen und beim Frühstücken sah Herr Bodner recht unwillig aus. Er fragte Ferdinand: »Hast du geschlafen ?« »Nein,« sagte dieser, »ich habe kein Auge zugemacht, sie lärmten drunten die ganze Nacht, und im Bette war es auch nicht geheuer.«

»Ja, das kam mir auch so vor, ich bin am ganzen Leibe zerstochen, hol' der Teufel das Quartier, heute und morgen nachten wir im Wagen, ich danke für die Betten.«

Nun reisten sie also ununterbrochen zwei Tage und zwei Nächte durch ein gähnendes, großes, nebliges Land. In der Frühe blickten sie einander fremd in die halb verschlafenen, blassen, müden Gesichter. Andreas schien es, als sähe er in feindliche Augen. Der Tag war mürrisch und hart und wurde nur zutraulich, wenn man zu einer Mahlzeit in irgendeinem Wirtshaus einkehrte, und verschwand früh hinter einer fahlen Dämmerung, diese hinter einer sternenlosen Nacht. Zwei Tage und zwei Nächte! Die Zeit und die Weite, die Stille und die Einsamkeit, der Wind und das Wetter preßten sich an den langsam vordringenden Wagen wie ein ungeheures, nicht zu bändigendes, wildes Tier, das sich mit ihnen vorwärts wälzte. Man schlief und wachte auf, sah und hörte, dachte und versank wieder in Taumel und sprach höchstens abgerissene, zwecklose Worte. Andreas glaubte, nimmermehr ans Ziel zu kommen, als sei er verdammt, in dieser Kutsche in der unendlichen Welt zu reisen, die groß und fürchterlich lauerte. Wohin hatte man ihn gelockt, wohin trug ihn dieser unerbittlich rollende Wagen, was wollte Herr Bodner von ihm, der ungeheure Mann, der ihn weggenommen hatte, und der allein wußte, was mit ihm geschehen sollte! Der Tag schleppte sich zur Nacht, die Nacht schob sich zum Morgengrauen, durch den Nebel drangen Hahnenschreie. Zwei Tage und zwei Nächte!

Am vierten Morgen endlich fuhr man durch immer dichter aneinander gerückte Ortschaften, welche endlich die nahe große Stadt verrieten. Man begegnete vielen Wagen, Lastfahrzeugen, Fußgängern, Reitern, und schließlich kam eine weite, offene Gegend, beherrscht von einem langflügeligen, gelben Schlosse, hinter welchem eine wohlgeordnete Gartenlandschaft anstieg, bekrönt von einem stattlichen Lusthause.

Da rieb sich Herr Bodner die Augen, setzte sich aufrecht, brachte seinen Kragen und Anzug in Ordnung und sagte tief atmend: »Das ist Schönbrunn, da wohnt der Kaiser, dort oben ist die Gloriette, da werdet ihr auch einmal hinkommen. Jetzt sind wir bald in Wien.«

Nun hieß er Ferdinand, der diese Reise schon mehrmals mitgemacht, sich auf den Bock zum Kutscher setzen, der zum ersten Male nach Wien fuhr und daher den Weg durch die Stadt nicht kannte, damit sein Sohn ihm zeige, wohin er lenken solle.

Nun rasselte die Kutsche über ein Pflaster, daß es nur so klirrte, das war Rudolfsheim. Neben ein paar größeren Häusern sah man ein abenteuerliches Gebäude, bedeckt mit farbigen Anschlagzetteln, Laternen, Fahnen aller Art: »Schwenders Kolosseum«, dann wieder einen unbebauten Lehmplatz, beschneites Feld, schließlich ein alleinstehendes, niederes, geräumiges Einkehrgasthaus »Zur alten Hühnersteige«. Dies bot, unmittelbar vor dem Tore des Linienwalles gelegen, von Käse- und Wurst-, Lebzelt- und Holzwarenbuden umringt, einen Sammelplatz für den vielfältigen, täglichen Verkehr, der von den westlichen Wienerwalddörfern durch diesen Stadteingang seinen Weg nahm. Da kamen die Bauern mit ihrem Vieh her, und vor der »alten Hühnersteige« quickten Schweine, grunzten Ochsen, muhten Kühe, während ihre Herren noch rasch ein Glas Bier tranken oder einen Schnaps genehmigten. Da verweilten Bäuerinnen mit Butten und Körben, mit vollen oder ausgeleerten, und ließen sich von den Krämern beschwatzen, die alle möglichen städtischen Waren feilhielten. Eine Schmiede stand da mit weitausragendem offenen Dach und glühender Esse, an der man einem Pferde rechtzeitig den Huf besorgen lassen konnte, daneben hatte ein Riemer seinen Laden, ein Büchsenmacher seinen Schild, damit der

Fuhrmann das verdorbene Zaumzeug, der Jäger sein Gewehr herstellen, kurz jeder, der vom Lande kam oder ins Land hinausging, sich noch mit dem nötigsten versehen konnte.

Inmitten dieses Feldlagers aber hielt sich fest, breit, behaglich und ansehnlich die »alte Hühnersteige«, die von dem schreienden Durcheinander wohl ihren Namen haben mochte, wie Andreas es sich zurechtlegte.

Hier machten sie die letzte Reisestation, um sich nochmals zu restaurieren. In den niederen Gasträumen gab es einen Heidenlärm, beizenden Qualm, Wein- und Bierdunst. Nirgends schien ein Tisch frei, die Leute hockten dicht zusammengedrängt und schwatzten und schrieen. Die Ankömmlinge mußten sich durch den schmalen Mittelgang durchdrängen, Herr Bodner voran, die Jugend hinterdrein. Mitten in diesem Gange saß ein Mann auf einem Stuhl und sang mit mächtiger Stimme und hatte auf seinen Knieen eine prächtig angezogene, mit silbernem Schmuck behängte Frauensperson, die kreischte und weiß und rot im Gesichte war und einen wunderbar lachenden Mund mit blinkenden Zähnen zeigte.

Sie mußten alle vor ihr Halt machen, da sie und ihr Mann den Weg versperrten. Sie rief dem Herrn Bodner lachend zu: »Servus Kleiner, sieht man dich auch einmal, trink' was und zahl' was.«

Aber auf diese freundliche Anrede antwortete Herr Bodner gar nichts, sondern schob das bezechte Paar mit mächtigem Griff beiseite, räumte den Weg frei und sah sich nach den Seinen um: »Kommt, Kinder.«

Die Gekränkten riefen ihm etliche Schimpfworte nach.

Endlich fand Herr Bodner in einer Ecke einen kleinen freien Tisch, wo sie sich niederließen und eine Weile in das Treiben hineinsahen. Bauern schoben sich mit Säcken auf dem Rücken durch das Gedränge, Fuhrleute saßen bei dampfenden Tellern, unablässig wanden sich Kellner durch das Tosen, auf ausgebreiteten Armen zwanzig Schüsseln balancierend, einschmeichelnd, drohend, flehend riefen sie dabei immer: »Erlauben schon« und übergossen nur im Vorüberfliehen den einen oder anderen mit Suppe, Juden boten ihre Schätzbarkeiten aus, die sie auf einem offenen Brett an Tragriemen hielten, es wurde Karten gespielt, gesungen, eine Ziehharmonika musizierte, Herr Bodner rief jeden Kellner an, der sich von weitem zeigte, keiner nahm sich die Mühe, seine Wünsche anzuhören, schließlich raubte Herr Bodner selbst dem einen etliche Bierkrügel, dem anderen zwei Schüsseln, und so bekamen sie mit Mühe und Not zu essen und zu trinken.

Andreas starrte mit gleicher Angst in das wilde Treiben, wo sie ohnmächtig waren, wie draußen in der verlassenen Weite.

Das Gebrüll der zechenden, schwatzenden, dampfenden Menge, das Klirren der Teller und Gläser, das Rufen, Feilschen, Locken, Fluchen, Lachen, Höhnen, Schimpfen, Drohen dünkte ihm nicht minder furchtbar, als das Ungeheuer Nacht und Sturm und Winter.

Herr Bodner saß aber ganz gelassen inmitten des Getümmels wie zu Hause.

Andreas fühlte sich erst erlöst, als sie ins Freie hinaustraten und zum letzten Male ihren Wagen bestiegen, dessen Ecke nun wieder als vornehmliche Zuflucht erschien.

Jetzt fuhren sie durch das lärmende Gewirr der breiten Mariahilferstraße, über das Glacis, durch das Kärntnertor in immer dichterem Wagen- und Menschenverkehr, bis sie schließlich an einem stillen dunklen Platze Halt machten, der wie ein unbedeckter Saal dalag. Das war die sogenannte »Brandstätte«, heute längst von hohen, neuen Häusern gänzlich verbaut, damals aber ein großer Platz im Herzen der alten Stadt Wien, in unmittelbarer Nähe des Stefansdomes, rings gebildet von ehrwürdigen, behaglich aneinander gelehnten, gegiebelten, zweistöckigen Häusern und nur wenig befahren. Zwei Gasthöfe lagen da lauernd einander gegenüber, so daß, wer nicht in den einen ging, unfehlbar dem anderen in die Arme lief; der eine hieß »Zur Ente«, der andere »Zum goldenen Stern«. In diesem zweiten kehrten sie ein.

Vom Fenster seines kleinen Zimmers schaute Andreas auf die gegenüberliegende, dunkle, graue, gleichförmige Mauerfläche, die keinen Blick in die Weite freigab. Da sah er keinen Baum und keinen Berg, er hörte kein Wasser strömen, kein Vieh brüllen, keinen Wind brausen, ein viereckiger Himmelsausschnitt lag als trübe Decke über dem Platze. Aber gleichmäßig, eigentümlich murmelnd und surrend drang das Geräusch der großen Stadt an sein Ohr, ein verhaltener, leidenschaftlicher, steter Lärm, fremd und unvertraut, der gleiche, nahe, drohende Ruf der kalten, harten, weiten Welt, anders als das offene, vertraute Rauschen des Flüßchens, als das behagliche Muhen der Herden, als das Gezeter der Hühner, anders als das Sausen der Bäume, anders, anders, anders als seine Heimat.

Bevor er schlafen ging, blickte er nochmals hinaus und sah nun drei Reihen gelber Lichter übereinander, die unterste Straßenlaternen, die beiden oberen erhellte Fenster von Wohnungen. Da saßen überall Menschen zu Hause. Mein Herr und Gott, bis er die Leute alle kennen würde!

Und niemand durfte er anreden und befragen, nur sprechen, wenn er angesprochen wurde. Wie sollte er da etwas erfahren und lernen, der zu Hause ein richtiger »Fragaus« gewesen.

Betäubt ging Andreas Amersin zu Bett und vernahm noch in Schlaf und Traum das ferne, gleichmäßige Summen der Stadt.

Die Gewohnheit und Aufregung weckte ihn des Morgens so zeitig, daß er in seinem Zimmerchen noch völlig im Dunkeln nach seinen Kleidern tappen mußte. Als er, rasch angezogen, aus den Fenstern blickte, sah er draußen eine dicke, fahle, neblige Trübe. Aber es litt ihn nicht mehr in dem dumpfen Raume. Er wollte sich doch allein auf der Straße ein wenig umsehen und schlich über die leeren Gänge und Stiegen des Hotels und stand endlich ratlos auf dem toten Platze. Er maß das weite Rechteck. Ein Leiterwagen rasselte vorüber und zwei schwarze Wanderer, den Kragen über die Ohren gezogen, eilten an ihm vorbei.

Ein großer Schwibbogen schloß eine Schmalseite des Platzes ab, dahinter lag sicherlich die weitere Stadt. Aber er getraute sich noch nicht, ihn zu durchschreiten, denn er wollte sich nicht gleich verirren. So ging er einmal nach rechts, ein andermal nach links die »Brandstätte« ab, wobei er jedes einzelne Haus von oben bis unten betrachtete und sich einzuprägen suchte, um es ein für alle Mal zu kennen. Keines aber sagte ihm etwas, sondern sah ihn nur still, grau, kühl an, und er verstand nichts davon.

Plötzlich bemerkte er vor seinem Gasthof eine Art Wagen mit Rauchfang, von einem Manne vorwärts geschoben. Eilig ging er darauf zu und machte ein paar Schritte vor dem wunderlichen

Fahrzeug halt. Von dem Eisenrohr stieg ein blauer Rauch auf, und nun gewahrte er auch einen verschlossenen Kessel, aus dessen Messingdeckel ein ungemein wohlriechender, verlockender Dampf sich vorzwängte. Er roch mit Bestimmtheit eine Wurst von seinem Geschmacke. Seine Vermutung wurde bestätigt, als zuerst ein Gassenkehrer, dann ein Lastträger vom Inhaber des Fahrzeuges nach kurzer Anrede und Entrichtung eines Geldstückes ein Paar Würstel und ein Gebäck bekamen und aßen. Da schien ihm der Wohlgeruch endlich so beseligend, daß er beschloß, so etwas müsse er auch und um jeden Preis haben. Er holte denn sein Beutelchen hervor, worein ihm die Mutter eine bescheidene Summe als Zehrpfennig gesteckt hatte, ehe er vom Hause wegging. Das Geld hatte er also, aber damit war es ja noch nicht abgetan. Er mußte doch den Mann erst anreden. Und wer weiß, ob ihm der etwas zukommen ließ, da er ihn doch nicht kannte. Aber seine Lust war zu groß, er mußte es wagen.

Als er endlich den Mann wieder allein dastehen und warten sah, faßte er sich ein Herz, trat auf ihn zu, grüßte gar höflich und blieb, den Hut in der Hand vor ihm stehen und fragte: »Ich bitte, könnte ich auch so etwas bekommen?« »Warum denn nicht? Ein Paar Würstel und eine Gschradi? Macht einen Sechser.«

Was eine »Gschradi« sei, erfuhr er gleich, indem ihm das Paar Würstel auf einem braunen Wecken reitend dargeboten wurde. Und da er noch immer den Hut vorhielt, fragte ihn der Mann, ob er ihm die Sachen da hinein tun sollte.

Nun aß er mit innigem Genusse. Leider war er schon nach drei, vier Bissen fertig und hatte jetzt erst recht Appetit. Ein zweites Mal hätte er den Wohlgeschmack ganz gewürdigt. Er mußte ihn noch einmal verkosten. Aber ob er dem Fremden noch einmal mit seinem Anliegen nahetreten dürfte und nicht etwa eine Zurechtweisung gewärtigen müsse, daß er schon einmal das Seine bekommen, und daß es damit sein Bewenden habe. Schließlich übermochte die große Begierde seine Schüchternheit und er sagte: »Lieber Herr, die Würstel und auch die »Gschradi« waren so gut, sie haben mir so wohl geschmeckt, ich möchte gerne noch ein Paar haben.«

»So viel Sie wollen, meinetwegen den ganzen Kessel voll, ich stehe ja nicht zu meinem Vergnügen hier. So da haben Sie, macht nur einen Sechser.«

Auch das zweite Paar schmeckte vortrefflich, aber nun beschloß Andreas, sich aus der verführerischen Nähe dieses Eßfahrzeuges zu flüchten und endlich aus dem dunklen Schwibbogen in die jenseitige Stadt zu treten.

Auf diese Weise fand er sich plötzlich vor der Stefanskirche, deren ungeheurer Turm, deren weites Tor in der Morgendämmerung groß und finster vor ihm emporstarrte. Er empfand indes vor der Mächtigkeit des Baues keinen sonderlichen Respekt, die dunkle Steinmasse erweckte nur eine Art Unbehagen in ihm, er ging an ihren steilen Wänden entlang und blickte von allen Seiten daran empor, bis er wieder vor dem Haupteingang stand, und entschlossen sich bekreuzigend, ins Innere der Kirche trat.

Das lange Schiff war bloß zart und schwankend beleuchtet von den brennenden Kerzen des Hochaltars, deren Lichter aber nur eine zaghafte, blaue Dämmerung verbreiteten. Doch er, an eine frisch geweißte, helle, heitere Kirche gewöhnt, meinte, daß man in einer so großen Stadt das Gotteshaus wohl ordentlich hätte weißigen können und es nicht so schwarz und finster hätte daliegen lassen müssen. Darum ging er bald wieder hinaus und beeilte sich, zur »Brandstätte« zurückzufinden, um nicht etwa vermißt zu werden.

Mittlerweile war es auch lichter geworden und »Sauers Kaffeehaus«, ein altes Stadtlokal neben dem Hotel »Zum goldenen Stern«, stand bereits offen. Es hatte einen glasgedeckten Vorraum, in welchen man von der Gasse her gut hineinsah.

Dort weilten die Leute beim Frühstück, hielten lange bedruckte Papiere vor die Gesichter und lasen, indem sie gelegentlich und gedankenlos mit der linken Hand die Kaffeeschale zum Munde führten, oder ein Kipfel hielten, als ob sie mitten unterm Essen verzaubert worden wären.

Was lasen sie denn da so eifrig? Andreas beschloß, es müßten wohl neuartige Gebetbücher sein, die er noch nicht kannte.

Eben als er so neugierig in die Fenster schaute, hörte er Herrn Bodners Stimme: »Da haben wir dich endlich, Ausreißer, ich dachte schon, du bist uns gestohlen worden.«

Hinter dem Herrn Bodner stand auch dessen Sohn und der gehorsame Peter Breier, welcher kein Abenteurer und sohin zu Hause geblieben war, und alle gingen in das »Café Sauer« frühstücken. So ward auch der Wunsch des Andreas erfüllt, in dieser Glashalle sitzen zu dürfen.

Er nahm an einem der runden Marmortische Platz, bekam Kaffee, während auch Herr Bodner eines der großen Gebetbücher vor das Gesicht zog und las.

Vor den Gästen stand ein Körbchen mit frischem, duftenden Gebäck. Andreas konnte sich nicht entschließen, nach dem größten und verlockendsten Stücke zu greifen, und so begnügte er sich mit einem von mittlerer Beschaffenheit, während dem skrupelloseren Peter Breier richtig das größte zufiel. Den hatte keine besorgte Mutter Bescheidenheit gelehrt, darum erging es ihm auch in aller Zukunft wohl auf Erden.

Nach diesem letzten gemeinsamen Frühstück bestiegen sie alle wieder einen Wagen und fuhren weit hinaus nach Mariahilf in die Stumpergasse zum Schalweber Herrn Stuchlik, zu welchem die beiden Jungen in die Lehre gebracht werden sollten.

Und damit war es aus mit der Bubenreise, mit allen stummen und lauten Wundern des Schauens und des Wünschens, mit dem vergnüglichen Speisen und müßigen Lernen. Jetzt begann die Arbeit, und was Andreas nun von Welt und Menschen erfuhr, mußte er sich recht mühselig aneignen, von fünf Uhr morgens, wo er sich in einer finsteren Kammer vom Bett erhob und an den Webstuhl trat, die Kette vorrichtete, bis spät in die Nacht. Zwischen jedem Schub der Lade spielten freilich, wie es Knabenart ist, allerhand Fragen und Gedanken und hingen sich an den wandernden Faden, wurden unbarmherzig an das wachsende Gewebe geschlagen und derart unmerklich in die Seide eingewirkt. Sicherlich schimmert sie zum Teil von solchen Weberträumen. Aber die Käufer wissen davon nichts und meinen, dies sei nur den Puppen zu verdanken, welche in einem so glänzenden Gespinnst auf den Tag warten, wo sie als freie Sommervögel in die leuchtendere Welt der Sonne und des blauen Himmels schweben wollen. Am wenigsten aber wußten von derlei Knabengedanken die schönen Frauenzimmer, die damals solche kostbare Tücher als Schmuck und Schutz um die zierlichen Hälse legten.

Rasch und selbstverständlich war die schöne, kurze Bubenreise, Andreas Amersins Knabenfahrt vorüber.

Gerti begleitet den Papa

Unter den Gästen des kleinen, in den niederösterreichischen Voralpen gelegenen Sommerfrischortes bildete Frau Dora Faltis, welche mit ihrem etwa zwölfjährigen Töchterchen Gerti seit Beginn der warmen Jahreszeit hier wohnte, den glänzenden Mittelpunkt. Die Gesellschaft bestand meist aus verheirateten älteren und jüngeren Beamten, die mit ihren Familien hier bescheiden und standesgemäß den Urlaub verbrachten. Einige ledige Männer machten den heiratsfähigen Töchtern auf unverbindliche Weise den Hof. Das ganze Sommerleben spielte sich in den engbegrenzten Formen dieser peinlich auf Wahrung aller möglichen

Rücksichten bedachten Mittelstandsklasse ab. Doch bewirkte Dora Faltis eben unter solchen steifen und ängstlichen Herrschaften eine nicht unwillkommene Erregung der Gemüter. Die Männer empfanden ihren Reiz und ihre Anziehung und näherten sich ihr mit einer achtungsvollen unsicheren Kühnheit, denn die merkwürdige Frau konnte ebensowohl mit einem leuchtenden Auflachen, als mit einem beleidigenden scharfen Worte entgegnen. Die Frauen bewunderten mit zuwartendem Neid und staunendem Verdruß ihre elegante, ein bißchen auffallende Toilette, ihre laute Freiheit des Benehmens. Die jungen Mädchen aber wurden an dieser Dame erst aller Möglichkeiten weiblicher Anziehung inne, wofür sie ihr dankbar mit der Leidenschaftlichkeit dieses glücklichen Alters huldigten. Sie bewunderten jedes ihrer Worte, nahmen ihre Redensarten an, ahmten ihre unbekümmerten, raschen Gebärden nach und vergötterten sie auf jede Weise.

Das etwa zwölfjährige, ein wenig schüchterne Kind, Gerti, blieb aber unbeachtet und wußte sich unter seinen lauten Altersgenossen nicht sonderlich zurechtzufinden, so daß es der Mutter überall unwillkürlich nachging, und wenn diese, mit der Gesellschaft befaßt, sich um ihr Töchterchen nicht kümmern konnte, still zurücktrat und allein blieb.

Gegen Ende des August wurde eines Abends im Gasthofe eine Festlichkeit veranstaltet zu Ehren des angesehensten Hauptes der Sommergesellschaft, eines Landesgerichtsrates, dessen Ferien abliefen. Ein Maler hatte eine Art von dramatischem Scherzspiel gedichtet, worin die Damen die Liebhaberei des alten Herrn für Pilze in entsprechenden Verkleidungen mit allerhand Versen harmlos verkörperten. Sie waren sehr hübsch anzusehen, wie sie in ihren weißen oder bunten Kleidern unter mächtigen, farbigen Schirmen einen anmutigen Reigen aufführten, der damit endigte, daß jede einzelne vor den Gefeierten mit einer besonderen Huldigung trat, welche dieser freundlich erwiderte, indem er mit der schlauen Freiheit, die sich das Alter zubilligt, ihnen die Wangen streichelte und die Hände küßte.

Zum Schlusse erschien Frau Faltis als Muse in einem blutroten Kleide, aus welchem ihre bloßen Arme und ihr schlanker Hals hervortraten, das schwarze Haar war am Hinterhaupte von einem Filigransilberpfeil in einen vollen Knoten zusammengehalten. Aus der einstudierten Rede auf den Gast ging sie zu einer kurzen Improvisation auf den Regisseur der Feier über und krönte den erstaunten Maler, der sich vor ihr auf ein Knie niedergelassen hatte und freudig zu der bezaubernden Gestalt aufblickte, mit einem Lorbeerkranze.

Am andern Ende des Raumes, der allen Ankömmlingen offenstehen mußte, saß in nachlässiger Touristenkleidung ein Unbekannter, der mit einem gewissen mokanten Gesichtsausdrucke belustigt auf die Geselligkeit der übrigen und bald unverwandt auf Frau Faltis sah, mit einem kühlen, doch interessierten Blicke, der sie vor den übrigen unwillkürlich auszeichnete. Nicht ohne Verlegenheit fühlte sie sich dadurch beherrscht und gestört und nestelte hilflos an ihren kurzen Ärmeln und an ihrer Frisur.

Als sich allmählich die geschlossene Gruppe gelöst und die heitere Erregung beruhigt hatte, setzte sich über inständige Bitten der jungen Mädchen einer der Herren ans Klavier und spielte zum Tanz auf; man räumte die Sessel und Tische aus der Mitte des Zimmers weg, und mit Ausnahme der alten Damen, welche wehmütig vergnügt der Jugend zusahen, ergaben sich alle Anwesenden, sogar die würdigen, weißhaarigen Herren dem harmlosen Vergnügen. Der Landesgerichtsrat forderte Frau Faltis auf und tanzte mit ihr in der altfränkischen Manier seiner Jugendjahre, mit weit ausgestrecktem rechten Arm und ausladenden Bewegungen, wobei ihn die Schöße seines schwarzen Rockes umflatterten. Dora Faltis wiegte sich gleichsam in der eigenen Schönheit, sie war fast klein, doch von einer gewissen kräftig beherrschten Fülle der Gestalt, von beweglichen Hüften, sie bog den Oberkörper zurück, so daß ihr Haarknoten den Nacken berührte, die Augen waren halb geschlossen und blickten unter den schweren Lidern gleichsam mit Zagen hervor, als sie neuerdings den ruhigen, spöttisch beobachtenden Fremden trafen.

Dieser war auch sonst nicht unbemerkt geblieben, und da man bei der allgemeinen Heiterkeit keinen Unbeteiligten dulden mochte, knüpfte einer der jungen Leute alsbald ein Gespräch an, stellte sich vor, erfuhr Namen und Stand des Unbekannten, der, ein Ingenieur, hier einige Wochen der Ruhe nach einer angestrengten Bauperiode zubringen wollte und es lächelnd geschehen ließ, daß man ihn der Gesellschaft, insbesondere den Damen präsentierte. Der Ankömmling kümmerte sich aber nicht weiter um alle übrigen, sondern schloß sich unverweilt an Frau Faltis an und brachte sie durch sein zugleich zurückhaltendes und forschendes, spöttisches und eindringliches Wesen zu einer unsicheren Heiterkeit, sie ließ alle Kräfte ihres Naturells spielen, um ihn aus der Fassung zu reißen. Dabei brachte sie jedoch nicht ihn aus seiner sicheren Ruhe, sondern vielmehr sich in eine gewisse Erregung, der er befriedigt zusah.

In ihrem Gesichte zeigte sich im Verlaufe des Gesprächs ein Zug von Verlegenheit und zugleich von übler Laune, doch stand ihr eben diese hilflose Bosheit recht wohl an. Schließlich forderte sie der Fremde zum Tanz auf. Sie verneinte erst. Aber auf seine Frage, warum sie sich denn weigere, da sie doch sicherlich tanzen wolle, erhob sie sich achselzuckend und trat mit ihm an. Er faßte sie fest um die Mitte, sie spürte den Druck seines Armes um ihre Hüften, es war heiß im Zimmer, die übrigen wirbelten durcheinander. Der Klavierspieler hackte unablässig auf dem alten Flügel seinen banalen Walzer. Der Fremde tanzte langsam und mit der schleppenden Leidenschaftlichkeit, die in mäßigem Tempo sich besser gehen lassen kann als im stürmischen. Dora Faltis schmiegte sich seinem Schritt und Tritt an und atmete die Lust der sanften, sinnlichen Bewegung mit halbgeöffnetem Munde, so daß ihn, dessen Lippen fest geschlossen waren, ihr Hauch berührte, wenn sie zu ihm aufsah, sie lächelte und schien ringsum nichts mehr zu bemerken, wie sich denn auch die übrigen zurückzogen, so daß der Tänzer immer weniger wurden und die beiden endlich in dem Zimmer allein und fast auf einer Stelle sich langsam in einem kleinen Kreise drehten. Ihr weißer Arm ruhte leicht auf seiner Schulter, und da er viel größer war als sie, blickte er auf ihren Kopf herab und bewahrte sein gewohntes, zweifelndes Lächeln mit dem Bewußtsein des zufälligen abenteuerlichen Geschehens. Man kommt in eine fremde Wirtsstube unter eine gleichgültige Gesellschaft, die sich belanglos unterhält und ist auf einmal mit einem Weibe allein wie auf einer Insel.

Die Damen und Herren umstanden das tanzende Paar, flüsterten und tauschten leise Bewunderungsrufe, der alte Landesgerichtsrat blickte mit der faunischen Erfahrenheit des Alters auf diese jungen Sünder. Der Klavierspieler hackte unverdrossen weiter, bis ihm endlich, früher als den Tanzenden, die Geduld ausging und er mit einem dröhnenden Fingergetrommel schloß, was aber die beiden nicht hinderte, auch ohne Musik im gleichen, sicheren Rhythmus sich gelassen und von der gewohnten Bewegung getragen, weiter im Walzer zu wiegen. Plötzlich fand sich Frau Faltis mit ihrem Tänzer allein in der unerwarteten Stille, löste sich mit verlegenem Gesicht aus seinem Arm und eilte auf ihren Platz, während er sich, leicht dankend, nach ihr verneigte. Das Publikum applaudierte jubelnd.

Ihr kleines Mädchen aber war an dem verlassenen Tische unversehens eingenickt. Als sie dies bemerkte, rief sie bestürzt:

»Mein Gott, das Kind schläft mir ja ein.«

Rasch weckte sie es. Gerti rieb sich verlegen die Augen und sagte: »Nein, ich habe gewiß nicht geschlafen.«

Aber die junge Frau hüllte das Kind und sich eilig in die Mäntel und nahm von der Gesellschaft Abschied. Der Ingenieur erklärte, sie nach Hause begleiten zu wollen, denn sie wohnte etwa eine Viertelstunde weit am Ende des Dorfes in der Hammermühle. So hieß eine alte Mühle, die nur mehr leer lief, während der Hammermüller sich durch einen Fuhrwerksbetrieb und das Vermieten von Sommerwohnungen erhielt.

Dahin gingen sie in der klaren, sternenhellen, kühlen Nacht. Der Ingenieur hatte Frau Faltis seinen Arm geboten. Sie sprachen nur wenig und scheinbar gleichgültiges, doch spürte die Frau eine eigentümliche leichte Kraft in allen Gliedern. Gerti hielt sich müde an ihrem Rock fest und ließ sich beinahe nachziehen; wenn sie zu schnell gingen, seufzte das Kind leise.

So kamen sie vor das Haus. Der Bach stürzte vom waldigen Berge, an dessen letzter Wiesenstufe abseits und erhöht die Mühle lag, in einer breiten und etwa metertiefen Holzrinne oberschlächtig geleitet, sein weißes, schäumendes Wasser über die moosbewachsenen Holzräder, um unten in der Talsohle nach einem harten Fall sich mit einem größeren Flüßchen, das längs der Straße lief, zu vereinigen. Er rauschte so stark und laut, daß sein Lärm jedes Wort verschlang. Sie gingen den steinigen und steilen Seitenweg zu dem weiträumigen, aber verwahrlosten Anwesen hinan, oben öffnete Frau Faltis mit dem unförmlichen Schlüssel, den sie bei sich trug, die versperrte Haustür, und ehe sie mit dem Kinde in den dunkeln Flur eintrat, wandte sie sich freundlich nach ihrem Begleiter zurück, der ihren Arm freigegeben hatte. Dieser sah sie mit seinem wunderlichen, geraden Blicke an, worüber ihr Lächeln einen unsicheren Ausdruck annahm, dessen sie sich zugleich schämte und den sie verbergen wollte, obgleich er in der Dunkelheit doch kaum erkennbar sein mochte. Aber zwei Menschen, die einander ins Gesicht sehen, wissen oft in der tiefsten Finsternis um den Ausdruck ihrer Züge. Sie sagte leise:

»Dank und gute Nacht.«

Er erwiderte »gute Nacht« und blieb stehen.

Sie war sicher, er verweilte noch vor dem Haustore, als sie bereits im Flur geborgen, mit der Kleinen über die vertraute Holzstiege nach ihrer Wohnung tastete.

In den nächsten Tagen schloß sich der Fremde, unbekümmert um die übrige Gesellschaft, an Frau Dora Faltis an, begleitete sie und ihre Kleine auf dem Morgenspaziergang, rastete mit ihr auf einer stillen Bank im Walde oder auf dem Rasen einer einsamen Wiese, speiste an ihrem Tisch und wanderte nachmittags mit ihr auf den üblichen Promenaden längs der hellen Landstraße oder über Waldwege. Die anderen Sommergäste fanden sich sofort in die geänderte Lage und überließen das merkwürdige Paar seiner zugetanen Einsamkeit, wobei sich wohl das übliche Deuteln, Hinweisen, Flüstern anspann, welches einen Schleier von Verachtung, Spott,

Verurteilung und Neid zu wirken pflegt, der nicht einmal recht bemerkbar, doch dauerhaft und undurchdringlich, die Unbekümmerten von der sehr sittenfesten, bürgerlichen Welt scheidet.

Gerti blickte den Fremden oft verwundert und neugierig an und erwiderte die Scherze, mit denen er das schweigsame Kind aus der Stille zu locken und zu erheitern suchte, nur zaghaft und spröde, aber die Mutter zeigte eine ungewöhnliche Munterkeit und ging, durch den Spott des Ingenieurs über die ehrlichen Spießbürger zu Lachen, Zustimmung und überbietender Erwiderung angeregt, auf alle Scherze übermütig ein, besonders als sie merkte, daß sich die Gesellschaft zusehends von ihr zurückzog, daß die Herren mit besonderer Höflichkeit grüßten, die Damen mit ausgesuchter Kühle, daß die jungen Mädchen, offenbar auf mütterliche Weisung, ihr nur mehr aus der Ferne und verlegen huldigten, aber sich nicht mehr zutraulich um sie drängten.

Auf den Spaziergängen pflegte Gerti zurückzubleiben und langsam, den Kopf gesenkt, hinterdrein zu wandeln, wobei sie unversehens für sich zu singen begann, doch nicht etwa Lieder nach bekannten Melodieen und Worten, sondern zusammenhanglose Töne, ohne Freude, ohne Trauer, wie das klingende Selbstgespräch eines unwissenden, jungen Geschöpfes.

Der Ingenieur hörte erstaunt und nicht ohne Rührung zu, während Frau Faltis, daran gewöhnt, sagte, so sei die Kleine immer gewesen, man müsse sie sich selber überlassen, dabei gehe das Kind am zufriedensten und ausdauerndsten. Unterdessen erzählte sie selbst dem Fremden, mit dem sie rasch und erstaunlich vertraut wurde, allerhand aus ihrem eigenen Leben, wobei sich ihm ihr Charakter enthüllte, mehr als sie wußte und wollte, denn bei aller Form und Sicherheit des gesellschaftlichen Umgangs kannte sie doch eigentlich keine Zurückhaltung, sondern benahm sich mit unbefangener aber friedloser Aufrichtigkeit, redete, was ihr die Laune des Augenblicks und die Gelegenheit der Aussprache eingab.

Bald wußte er ihre kleine Geschichte, wie sie als Kind reicher Eltern verwöhnt und in üppigen Verhältnissen aufgewachsen, frühreif, vergöttert und von mannigfachen Gaben in einer Luft von Müßiggang und Behagen, jeden Wunsch – noch ehe sie sich seiner recht besonnen – erfüllt sah. Sie betrieb mancherlei mit Eifer, um es unbefriedigt zu verlassen, wenn sich irgendeine andere Verheißung zeigte, eine ausgebreitete Bildung bot ihr eine gewisse Lockung, hielt sie aber nicht fest, so daß sie bei rascher Auffassung doch nur im äußeren Schein des Wissens eine Befriedigung ihrer Eitelkeit suchte, nicht die Einsicht um ihrer selbst willen. Früh in die Welt eingeführt, stürzte sie sich in die Mitte aller Vergnügungen, von den Eltern, bald aber auch von allen Leuten, mit denen sie zusammenkam, angebetet, verwöhnt, gereizt. Doch fand sie mehr Versprechungen als Erfüllung, denn über das gewohnte Spiel seiner Verlockung und Huldigung hinaus bot sich kein Ziel, wenigstens fand sie niemand, der ihre Leidenschaft reizte oder zu verdienen schien. Und was noch merkwürdiger war, weder ihr Vermögen noch ihre Schönheit zogen ernsthafte Bewerber an, vielmehr begnügten sich die Huldigenden mit einer scherzhaften Bewunderung, ohne tiefer von ihrer Natur erfaßt und festgehalten zu werden. Bei diesem Treiben, wovon ein junges Mädchen trotz ermüdender Enttäuschung ganz eingeschlossen und festgehalten zu werden pflegt, kam sie in die Zwanzigerjahre, noch immer frei, noch immer ihres eigentlichen Schicksals harrend, das sich ihr Tag um Tag entzog. Dabei wurden ihre Sinne gereizt, ihr Gemüt leidenschaftlich verwirrt, eine gegenstandslose Sehnsucht erfüllte sie mit Launen und Verdruß. Endlich entschlossen sich ihre Eltern, selbst ihr Schicksal zu bestimmen. Sie führten ihr einen älteren, bekümmerten Mann zu, der zwar nicht reich, doch durch seinen Charakter und seine Führung ihre Tochter glücklich zu machen verhieß. Das war Faltis, der in schwierigen, armseligen Verhältnissen sich durch eigene Kraft endlich selbständig gemacht und eine bescheidene Fabrik begründet hatte. Mit dem verheißenen Vermögen des Mädchens hoffte er einen Aufschwung seines kleinen Unternehmens herbeizuführen. Aber wie so oft bei solchen planvollen Heiratsabmachungen wurde die Berechnung von der Leidenschaft überwältigt, und der besonnene, karge Mann faßte eine starke Liebe zu dem schönen Wesen. Dora, die bisher enttäuscht und unbefriedigt, zum ersten Male eine solche wahre Neigung erweckt hatte, stimmte zu, ohne selbst wärmer für den Freier zu empfinden, was sie wohl nicht mit Unrecht einer Ungenügsamkeit ihrer Natur zuschrieb. Da sie doch heiraten müsse, wie sie dachte, möchte es nun endlich geschehen, so nahm sie ihn.

Wie der Ingenieur bald erriet, bald auch von der jungen Frau erfuhr, wurde die Ehe nicht eben glücklich.

Der ungeschickte, praktisch nicht besonders befähigte, wenn auch höchst rechtliche und fleißige Faltis wußte mit dem erheirateten Vermögen nicht zu schalten, er ließ sich in Unternehmungen ein, die er nicht beherrschte, büßte alles Geld ein und stand nach kaum zwei Jahren vor einem völligen Zusammenbruch, aus dem ihn nur die höchsten Aufwendungen ihrer Eltern erretteten, die ihr ganzes übriggebliebenes Vermögen einsetzen mußten, um den Schwiegersohn vor dem Konkurs zu bewahren. Bald darauf starben sie, zuerst der Vater, kurze Zeit danach die Mutter und ließen Dora in einer ökonomisch engen, drückenden Ehe zurück, aus der es für sie keinen Ausweg gab.

So sollte sie nun in eingeschränkten Verhältnissen sich zurechtfinden, sparen, ein Hauswesen führen, wozu sie weder Lust noch Pflicht spürte, und sollte einem ungeliebten Manne helfen. Sie hatte alle Mühe, vor der Welt die bisherige stolze Haltung ihrer Wirtschaft zu behaupten, denn darauf legte sie besonderes Gewicht, und so mußte sie, die wahrlich an Besseres gewöhnt war, sich durchaus alles versagen, worauf sie ein Anrecht hatte, mußte ihre Kleider umändern, statt sie wegzuwerfen, nach glanzvollen Abendgesellschaften, die sie dem Stande schuldig zu sein sich einredete, an gewöhnlichen Tagen ein bescheidenes Mittagessen zusammenstellen, Schulden machen und mit dem kärgsten Wirtschaftsgeld hier eine Lücke verstopfen, um dort eine klaffendere aufzutun. Dabei wuchs ihr einziges Kind auf, dessen sie wieder nicht recht froh wurde, weil es mehr ihrem Manne als ihr gehörte, denn die Kleine wich ihr mit einer leidenden Ruhe aus, während sie mit hingebendem Gefühle an dem versorgten, früh gealterten Vater hing. Weder ungemessene Zärtlichkeit und Verwöhnung, noch rücksichtslos ausbrechende Anfälle mütterlicher Eifersucht, mit denen Dora das verängstigte Kind oft genug zur Verzweiflung brachte, konnten an dem ungleichen Verhältnis Gertis zu den beiden Eltern etwas ändern.

Die Natur gibt eben jedem Wesen eine Seelenwage mit, in deren Schalen sich Liebe und Schuld, Recht und Unrecht der Eltern messen und zeigen.

»Wenn Gerti nicht wäre,« sagte Frau Faltis offenherzig, »möchte längst alles auseinandergegangen sein. Denn ich kann mich nicht beherrschen. Wenn ich zornig bin, wenn mich meine Leidenschaft ergreift, halte ich mich nicht zurück, ich sage alles heraus und mehr als ich fühle, Schlimmeres als ich will, es muß gesagt sein, und ginge es ans Leben. Dann ist das Kind da, schaut mich an und ich kann mich nicht fassen, bis ich endlich bei Besinnung abbitte, obgleich ich auf meine Art im Recht bin. Aber so oft ich mir auch vornehme, mich vor dem Kinde zu mäßigen, wenn mich die Laune ankommt, fange ich immer wieder an. Ja, das Kind reizt mich gerade dazu mit seiner Ruhe, weil es so ist wie mein Mann, nicht wie ich, so daß ich mich oft frage, ob es denn mein ist.«

Alles dies erzählte sie mit ihrer reizvoll befremdenden Aufrichtigkeit und mit einer gewissen Freude, während ihr der Fremde zuhörte und sie dabei neugierig und vertraut ansah, denn alle diese Dinge, welche von einem tiefen Gebrechen ihrer Natur zeugen, ließen sie dabei um so begehrenswerter erscheinen, da sie noch in dem Alter war, welches selbst aus Schuld und Fehlern seinen Reiz schöpft.

Eines Morgens kam Frau Faltis mit einer gewissen Aufregung, Gerti strahlend vor Freude, zum gewohnten Spaziergang. Der Ingenieur, der gleich erkannte, daß etwas Besonderes vorgefallen sei, sah beide fragend an, worauf Gerti ihm jubelnd entgegensprang: »Der Papa kommt morgen.« Die Mutter bestätigte, ihr Mann habe seine Ankunft für ein paar Tage der Erholung angezeigt. Während sie mit dem Ingenieur langsam bergauf wanderte, eilte die Kleine, munter lachend wie noch nie und ganz verwandelt, in ihrer erregten Freude voran, von Zeit zu Zeit stieß sie ein lautes oder leises Jauchzen aus, pflückte Blumen, rannte mit dem Strauß unversehens zurück, hielt ihn der Mutter entgegen: »Schau, Liebe, das ist alles für den Papa,« und lief wieder rasch davon.

Der Ingenieur sah seine Begleiterin an und sagte nicht ohne Rührung: »Wie gern sie ihn hat.«

Frau Faltis lächelte:

»Ja, wenn sie von ihrem Vater spricht, wenn sie an ihn denkt, vergißt sie alles andere. Er hängt ja auch an ihr.«

Der Ingenieur sagte leise:

»Kinder wissen am besten, wen sie liebhaben dürfen, besser als wir Erwachsenen.«

»Faltis ist gewiß ein guter Mensch,« sagte Dora, »aber ich weiß nichts mit ihm anzufangen. Doch hält er alles, was einmal zu ihm gehört, eisern fest, da hat er eine Willenskraft, die ihm sonst fehlt. Er würde mich nicht von sich lassen, wenn ich es wollte, und müßte er darüber zugrunde gehen. Dabei tauge ich doch nicht zu ihm, er brauchte eine brave Frau, fleißig und bescheiden. Aber das weiß er gar nicht einmal, und ich mag ihn noch so sehr quälen, er meint, ich gehöre zu ihm.«

»Ich bin neugierig, wie ich mich mit ihm vertragen werde.«

»Gewiß sehr gut, er ist unter Leuten harmlos und freundlich, nur will er nicht viel von ihnen wissen, er macht sich nichts aus dem Verkehr, und ginge es nach ihm, so lebten wir wie die Einsiedler. Sein Kind und ich, damit ist der Kreis seiner geselligen Interessen beschlossen.«

»Soll ich mich zurückziehen oder in Ihrer Gesellschaft bleiben, während er hier ist?«

»Sie bleiben, ich lasse mir meinen Verkehr nicht vorschreiben.«

Am Abend, Dora und Gerti hatten ihn zu Wagen von der etwa eine Stunde entfernten Bahnstation abgeholt, erschien Faltis mit seiner kleinen Familie zum Nachtmahl und lernte den Ingenieur kennen, die übrigen Gäste grüßte er bloß von weitem.

Bei Tische gab es eine langsame Unterhaltung, an welcher der Ingenieur launig, Frau Faltis munter erregt, Gerti glücklich teilnahmen, während Herr Faltis sich auf freundliches, höfliches und zurückhaltendes Zuhören und Antworten beschränkte. Er war ein stattlicher, etwas beleibter, blonder Mann von ernstem Gesichtsausdruck, seine blauen Augen blickten kurzsichtig hinter Brillengläsern hervor und auf seiner hohen Stirn, die eher einem Lehrer, als einem Kaufmann zu gehören schien, über der breiten, großen Nase zeugten drei starke, stete Falten von dauerndem Sorgen und Grübeln. Sein Mund, durch den Vollbart halb verdeckt, hatte einen zarten, weichen Zug und ein verlegenes Lächeln, welches seinen

Ernst und seine Schweigsamkeit gleichsam zu entschuldigen suchte. Gerti saß dicht an ihn geschmiegt, indem sie ihren Stuhl eng an den seinen geschoben hatte. Während die übrigen noch aßen, hatte sie nach ein paar Bissen aufgehört, um ihren Arm unter dem ihres Vaters zu bergen; sie sah unverwandt auf ihn, und er, der vor dem Fremden seine Zärtlichkeit nicht als Schwäche ausgelegt wissen wollte, beteiligte sich an der Unterhaltung und strich nur, wenn ihn das Kind ansah und ansprach, zuweilen leise über dessen blonden Scheitel. Frau Faltis sagte: »Nun, Gerti, jetzt bist du zufrieden, wenn du deinen Papa hast, gelt?«

Gerti errötete und lächelte glücklich. Der Vater sagte:

»Lange darf ich ohnehin nicht hierbleiben. Ich habe mir kaum die drei Tage herausschlagen können.«

»Nicht vom Fortgehen reden!« bat die Kleine. »Jetzt bist du da, jetzt bleibst du da.«

Bald nach Tisch wanderten die vier langsam im Scheine des Mondes nach Hause, wobei Herr Faltis, sein Töchterchen an der Hand, still die stille Berglandschaft betrachtete, tief atmete – den Hut hatte er vom Kopf genommen – und die Schönheit, den Frieden, die Ruhe des Tales genoß. Für den nächsten Tag wurde ein gemeinsamer Ausflug verabredet, und vor der Hammermühle verabschiedete sich der Ingenieur mit einem verbindlichen Händedruck von dem Ehepaar, mit einem Scherze von Gerti.

Vor dem Schlafengehen fragte Herr Faltis beiläufig nach dem Fremden. Seine Frau antwortete:

»Das ist der einzige nette Mensch unter diesen Spießbürgern. Ohne ihn wäre es hier unerträglich.«

Faltis, der das Fenster geöffnet hatte, so daß das wilde Rauschen des Mühlbaches und der Bäume eindrang, meinte: »Es ist doch wunderbar hier!«

»Ja, aber die Leute können einem das Nest schon verleiden!«

»Was gehen mich die Leute an? Ich begreife nicht, daß du dich um sie kümmerst, und daß du so sehr auf Verkehr bedacht bist. Auch dieser Ingenieur ...«

Sie unterbrach ihn unwillig:

»Jetzt möchtest du mir wieder den einzigen Umgang verleiden. Du kommst auf drei Tage her, da brauchst du freilich niemand, aber ich muß hier in der Langweile drei Monate aushalten. Du verbannst mich irgendwohin, und ich soll mich mutterseelenallein wohlfühlen, und habe ich nun doch einen besseren Menschen gefunden, so mußt du mir ihn gleich verekeln.«

»Aber nein, Dora, meinetwegen magst du gerne mit ihm umgehen, ich dachte nur, wir bleiben lieber unter uns.«

Gerti schlüpfte im Nachthemde aus ihrer Kammer, um Schlafwohl zu sagen. So antwortete Frau Faltis nichts mehr und küßte das Kind flüchtig auf die Stirn, während der Vater das kleine Mädchen lächelnd hinaufhob: »Geht's dir gut, Gerti? Freust du dich, daß ich da bin?«

»Ja, ja, Papa, mein Papa!«

Sie beugte sich über seine Stirn und küßte sie leidenschaftlich, wobei sie ihn so eng mit ihren Armen umschlang, daß ihm der Atem ausging.

Er setzte sie dann behutsam wieder ab und sagte ihr: »Jetzt geh schön schlafen, mein Kind, schlaf gut, morgen ist auch noch ein Tag.«

»Aber du mußt mich in mein Bett tragen!«

»Nun, so komm, meinetwegen.« Sie schmiegte sich, die Beine ganz zusammengekauert, in seine Arme, und so trug er sie in ihre Kammer.

Rasch waren die drei Urlaubstage verstrichen, und am Abend des dritten hieß es an die Abreise denken. Als davon gesprochen wurde, schluchzte Gerti tief auf, von Tränen ganz erschüttert, so daß der Ingenieur und Frau Faltis ratlos ergriffen das traurige Kind ansahen und vergeblich zu beschwichtigen suchten, während der Vater ruhig blieb und sagte: »Aber Gerti, was fällt dir ein, wer wird denn so weinen! Du bist doch ein großes Mädchen, schämst du dich nicht?«

»Nein, Papa, du darfst nicht weg!

»Ich war doch keinen Sommer noch länger bei euch. Ich habe mich ja immer nur für ein paar Tage frei machen können, das weißt du doch.«

»Ja, Papa, aber das war ganz anders, als Heuer. Du mußt noch bleiben« ...

Sie ließ sich nicht beruhigen und lehnte weinend den Kopf an des Vaters Seite. Endlich machte man aus, daß er den nächsten halben Tag zugeben und erst nach Tisch fahren werde, Gerti durfte ihn begleiten. Nur als man ihr versprochen hatte, sie sollte mit dem Vater allein und im kleinen Salzburger Wägelchen des Hammermüllers zur Bahn fahren, ließ sie sich beruhigen. Aber noch, als Faltis sie zu Bette trug, schluchzte sie, und schluchzend entschlief sie.

Am nächsten Morgen machte man noch einen Spaziergang, wobei Gerti einen schönen, großen Strauß pflückte, und nicht genug Blumen bekommen konnte, als wollte sie den ganzen Wald und alles, was blühte in diesem Tal, dem Vater mitgeben.

Der Ingenieur und Dora waren einsilbig und ein wenig verstimmt, ohne zu wissen, weshalb, während Herr Faltis verhältnismäßig heiter, durch die paar Ruhetage erquickt, sich mit ihnen und dem Kinde unterhielt. Auch Gerti schien gefaßt und freute sich auf die ungewohnte Fahrt, daß sie den Vater allein noch eine Stunde länger bei sich haben durfte.

Endlich stand das Wägelchen, mit einem kräftigen Braunen bespannt, vor dem Wirtshause, um die zwei Fahrgäste zu erwarten. Herr Faltis trat mit Gerti heraus, küßte seine Frau freundlich auf die Stirn und sagte ihr, sie möchte es sich die paar Wochen bis zur Rückkehr in die Stadt noch wohl gehen lassen, dem Fremden reichte er mit verbindlicher Verbeugung die Hand und dankte ihm, daß er sich der Frau und des Kindes freundlich angenommen. Der Ingenieur erwiderte, dies sei eine Ehre und ein Vergnügen gewesen, wofür er keinen Dank verdiene, sondern schulde und verabschiedete sich mit einem kräftigen Händedrucke. Darauf bestieg Herr Faltis mit Gerti den Wagen, der Hammermüller, ein gedrungener, kleiner Mann mit weingerötetem Gesichte, der auf dem Bocke saß, schnalzte mit der Peitsche und das Rößlein fing zu traben an. Dora Faltis winkte mit dem Taschentuche, solange ihr Mann zurücksah, bis das Fahrzeug um eine Ecke der Landstraße bog und verschwand.

Vater und Kind sprachen wenig, sondern freuten sich nur der letzten Stunde des Beisammenseins. Gerti schmiegte sich eng an Faltis an. Dabei blickte er auf die schöne, grüne Landschaft, durch welche der Wagen an einem schnellen, klaren Gebirgswasser entlang, auf einer holprigen Straße dahinrollte, an vereinzelten Bauernhöfen vorüber, an Wehren, über welche der Fluß silbern hinabstürzte, bald schien die Sonne hell und heiß, bald zogen weiße und graue Wolken vorüber und ein heftiger kühler Wind wehte um die Stirnen. Das Kind freute sich an der gleichmäßigen Bewegung des Fahrens und vergaß darüber allen, früher so heftigen Schmerz des Abschieds, zugleich sah es mit Neugierde auf den breiten Rücken des stetig trabenden Pferdes, dessen Schenkel im Laufen sich strafften und wieder glätteten und im Schweiß schimmerten. Es hob und senkte den Kopf und schüttelte zuweilen die grobe Mähne und schnaubte. Der Hammermüller auf dem Bocke trieb es mit leisem Schnalzen an.

Vor dem Bahnhofe stand schon der Zug bereit, und die Zeit des Abschieds war so knapp bemessen, daß sich Gerti kaum erst besonnen hatte, als der Vater auch schon einsteigen mußte, sie noch umarmte und sagte: »Sei schön brav Kleine, und komme mir recht gesund zurück.« Sie sah dem abfahrenden Zuge nach, winkte mit ihrem Strohhut und ihrem Taschentuche, während ein paar rasche Tränen über ihre roten Wangen eilten.

Nun sollte sie allein zurückfahren, wie eine Erwachsene. Rasch und verlegen abgewandt trocknete sie ihr Gesicht und kehrte zur Straße zurück, wo der Wagen wartete. Lächelnd trat sie dem Hammermüller entgegen und wollte den Rücksitz einnehmen. Der aber sagte:

»Nein, Fräulein, kommen Sie zu mir auf den Bock, da ist's lustiger, da können Sie selber kutschieren. Wir haben's ja nicht so gnädig, wir werden schön langsam fahren und ein bisserl einkehren.«

Gerti bedachte, daß sie den Mann nicht recht abweisen dürfe, zumal das Kutschieren auch nicht zu verachten sei. So nahm sie denn neben ihm Platz, er gab ihr die Zügel in die Hand und das gehorsame Tier setzte sich auf seinen Zuruf munter in Bewegung.

Sie fuhren etwa eine Viertelstunde lang, bis sie zu einem Wirtshaus kamen. Hier machte der Hammermüller halt, um sich ein wenig zu stärken, wie er sagte. Er forderte Gerti auf, mit ihm in die Stube zu kommen, was sie aber ausschlug, sie bleibe lieber auf dem Bocke sitzen und erwarte ihn hier.

Er trat also allein in die Schenke und kam nach einer Weile mit einem Glase Rotwein heraus.

»Jetzt müssen Sie aber auch einen Schluck machen, Fräulein. Das ist gut.«

Gerti weigerte sich lachend, aber als der Hammermüller ein gekränktes Gesicht machte, wollte sie ihn nicht betrüben und griff unschlüssig nach dem Glase und drehte es unwillkürlich so, daß sie nicht die Lippen dort ansetzen mußte, wo er getrunken hatte. Und nun wollte sie eben nur nippen, aber der Hammermüller duldete es nicht.

»Trinkens nur ordentlich. Das ist ein guter Wein, der schadet Ihnen nichts.«

So tat sie einen rechten Zug und merkte, daß es ein kühler, kräftiger Wein war, der gar nicht schlecht schmeckte. Als sie ihm das Glas zurückgab, leerte er es schnell bis auf die Neige, wischte sich mit der Hand schmunzelnd die Lippen ab und sagte: »Alsdann, gehn wir's an«, zog sein Geldbeutelchen aus dem Sacke und zählte den schuldigen Betrag zusammen, um die Kellnerin, die vor der Tür wartete, zu befriedigen. Dann schwang er sich neben Gerti auf den Sitz und rief »Hüh« und das Rößlein begann zu traben.

Nach einer weiteren Viertelstunde kamen sie abermals zu einer größeren Herberge.

»Der Braune muß futtern, er hat seit der Früh nichts Ordentliches bekommen,« sagte der Hammermüller.

Vor der Schenke lief ein Brunnen, und das Tier trat von selbst durstig und entschlossen vor den Steintrog, stand hier still und trank.

Gerti lachte vergnügt und übergab dem Müller die Zügel, dieser ließ dem Pferd eine Schwinge mit Hafer vorsetzen und sah ihm einen Augenblick zu, wie es behaglich zu fressen begann, dann meinte er, »recht hat's, wir müssen aber auch das Unsrige tun«. Da Gerti sich neuerdings weigerte, abzusteigen und in die Wirtsstube zu treten, blieb er höflich bei dem Wagen stehen und bestellte draußen eine Preßwurst und eine Halbe Wein. »Die haben nämlich heute gewurstet, und das versteht die Wirtin am besten in der ganzen Gegend.«

Die Kellnerin brachte einen großen, mit dicken, mosaikartig aussehenden Wurstscheiben ganz belegten Teller, einen Korb mit Hausbrot und die Halbe Wein. Diesmal einen weißen.

»Jetzt müssen Sie aber auch essen. Das Fahren macht Hunger.«

Gerti spürte in der Tat Appetit, insbesondere, weil sie solche Würste noch nie zu kosten bekommen hatte. So griff sie zu, nahm eine Scheibe und aß, biß auch herzhaft in das schöne Schwarzbrot und kaute munter.

Da aber die fette Wurst nach Wein verlangt, trank sie willig aus dem Glase, das ihr der Hammermüller bot, einen vollen Schluck. Ihr wurde warm und wohl zumute, so daß sie allen Kummer vergaß, auf das futternde Pferd, auf den rauschenden Brunnen und das weiße Wirtshaus blickte und laut auflachte, da sie der wunderlichen Fahrt gedachte, die sie tat.

Als es aber zum Zahlen kam, besann sie sich, daß sie sich nicht so gänzlich freihalten lassen dürfe, sondern bestand darauf, diesmal selbst die Zeche für sich und ihren Wirt zu bestreiten.

»Ja, haben's denn ein Geld, Fräulein?«

Stolz zog Gerti ihre kleine Börse hervor, in welcher sie zwei Gulden und einiges Kleingeld verwahrte, bezahlte die Rechnung, freute sich, daß sie wie eine Große dahinfahren, in einem Gasthause absteigen, eine Zeche machen und ein Trinkgeld geben konnte. Ihre Wangen glühten, ihr Haar flatterte im kühlen Nachmittagswinde, und sie, die sich bei der Hinfahrt ängstlich und hilflos an den Vater geschmiegt hatte, saß nun frei, aufrecht und stolz auf ihrem Sitze und schaute in die Welt hinaus.

Als das Wäglein endlich wieder vor der Hammermühle hielt, wo der Müller es abschirrte, eilte Gerti die schmale Holztreppe hinauf und stürmte in die Wohnung.

Sie war so erhitzt, ihre Wangen glühten, ihr Mund lachte, ihre Augen leuchteten, und so wunderlich fühlte sie sich, daß es ihr gar nicht auffiel, den Ingenieur zum ersten Male in ihrer Wohnung auf dem breiten Sofa behaglich zurückgelehnt neben der Mutter sitzen zu sehen, die in einem weißen Schlafrocke, mit gerötetem Gesicht ihr verlegen entgegenblickte, als sie eilends und mit einem hellen Ausruf eintrat.

Gerti rief den beiden entgegen: »Grüß Gott, es war sehr schön.«

»Wie siehst du denn aus, was hat's gegeben?« fragte Frau Faltis erstaunt.

»Wir sind wunderbar gefahren, ich habe selbst kutschiert, ganz allein, frag nur den Hammermüller, das Pferd hat mir gefolgt. Und eingekehrt sind wir zweimal.«

»Eingekehrt bist du? Mit dem Hammermüller?«

»Ja, in zwei Wirtshäusern auf dem Wege. Wir haben getrunken und gegessen. Ich habe furchtbaren Durst und Hunger gehabt.«

»So! Hast du auch gegessen und getrunken?«

»Natürlich! Eine Preßwurst und roten und weißen Wein, zuerst wollte ich nicht, aber ich habe doch den Hammermüller nicht kränken mögen, er war so nett zu mir und hat mich so freundlich gebeten, so hab ich trinken müssen. Aber der Wein hat mir recht gut geschmeckt. Und auch der weiße war gut.«

»Also gar zweimal hast du getrunken?« »Ja, das zweitemal hab ich selber wollen, denn das Essen macht Durst.«

»Und der Hammermüller hat dich freigehalten?«

»Einmal hat er gezahlt, aber das andere Mal ich.«

»Woher hast du denn das Geld genommen?«

»Aber du weißt doch, Mama, daß ich zwei Gulden habe.«

Der Ingenieur sagte belustigt:

»Mir scheint, die Kleine hat einen Sauser.«

Gerti drehte sich lachend um sich selbst und sang: »Mir ist so leicht, mir ist so gut, das ist der rote Wein und das ist der weiße Wein und das ist ein schöner Tag, Mama.«

Frau Faltis blickte verlegen das lebhafte, völlig veränderte Kind an, aber der Ingenieur freute sich und sprach zur Kleinen:

»Sag mir, Gerti, bist du auch gewiß, daß du schön gerade stehen und gehen kannst?«

»Ei freilich kann ich das, es ist mir ja so leicht, sehen Sie, wie ich ganz gerade gehe.«

Dabei schritt sie überaus zierlich im Zimmer auf und nieder, so oft sie an dem Sofa, wo die beiden saßen, vorbeikam, machte sie eine Verbeugung und knickste lächelnd.

»Nun könntest du aber eigentlich auch noch eine Zigarette rauchen, Gerti. Was meinst du dazu?« fragte der Ingenieur.

»Was fällt Ihnen ein,« flüsterte Frau Faltis.

Gerti klatschte in die Hände: »Freilich, ich habe noch nie eine geraucht! Laß mich nur, Mama, ich will eine Zigarette haben.«

Der Ingenieur bot ihr seine Tasche.

»Du mußt aber schön langsam rauchen, daß sie dir nicht schadet, Gerti.«

»Ja, das will ich. So soll es ein schöner Abend sein. Ihr seid lieb alle. Ich will auf euer Wohl rauchen.«

Sie lächelte, und hatte schon eine Zigarette mit ängstlich und sorgfältig gespitzten Lippen gefaßt und beugte sich behutsam vor, als ihr der Ingenieur das brennende Zündholz entgegenhielt.

Hustend und lachend tat sie den ersten Zug und lachend tanzte sie, zwischendrein nach ihrer Weise singend durch das Zimmer auf und nieder, und tanzte in immer heftigerer, angefachter Bewegung mit fiebernden Wangen und gleichsam entrückt, während die beiden Erwachsenen einander ansahen, wobei die Frau blutübergossen dasaß. Endlich stand Gerti atemlos vor dem Fremden, der sprach: »Nun sag mir nur, wie kommt es, daß du jetzt so lustig bist und warst doch noch vor zwei Stunden so traurig.« Bei dieser Frage schien das Kind plötzlich zu erwachen und in einem Nu, welcher eine ungeheure Wandlung umfaßte, einen tiefsten Sturz des Bewußtseins löste, breitete Gerti die Arme aus, sah mit einem Blicke, der Selbstvergessenheit, Zorn, Scham und Haß in eins glühte, auf den Fremden, ins Weiße seines Auges mit dem ihren und schlug mit ihrer Rechten in sein Gesicht. Dies und besinnungslos hinstürzen ward eins. Man brachte Gerti zu Bett, sie fieberte und redete, sang verwirrt und lachte, dann lag sie wieder mit offenen Augen, in denen aber kein Zeichen der Vernunft mehr stand, sondern nur die Qual eines völlig zerstörten Wesens und kam nicht mehr zum Bewußtsein. Der Arzt vermochte ihr Leiden nicht zu heilen, daß er es einer jener Krisen zuschrieb, welche in diesen Jahren das weibliche Geschlecht zuweilen heimsuchen, ehe das kindliche Alter sich ins jungfräuliche begibt, bot nur eben Worte für das unergründliche Notwendige. Der Tod schloß das Tor der Jugend vor ihr zu, da sie es zu durchschreiten einen Augenblick gezögert. Sie erwachte nicht mehr, zu keinem Lächeln, zu keinem Grauen, zu keinem Vergessen. Gerti starb wenige Tage, nachdem sie ihren Papa begleitet hatte und behielt den strengen Zug des Erkennens, welchen ein Augenblick auf ihr Gesicht geschrieben hatte.

Die Botschaft

Ludwig Mainone las in der Zeitung die Anzeige vom Tode des Hofrates Amlacher. Unter den trauernden Hinterbliebenen waren die beiden Töchter Regina und Charlotte mit ihren unverlorenen Mädchennamen angeführt. Als Mainone sie kennen gelernt hatte – vor etwa fünfzehn Jahren, da er noch im Gymnasium sich vor der Mathematik fürchtete – waren beide sehr hübsche Jungfern gewesen. Heute mochten sie schon ledig angesäuert sein. Das standesgemäße Einkommen des Herrn Hofrates war wohl immer standesgemäß verzehrt worden, da floß nichts überflüssiges über, geschweige denn etwas so notwendiges, wie eine Mitgift. Und nun, da der Amtsgewaltige dahingegangen ist, erkennt man: Ein Hofrat ist nur vor dem Tode glücklich zu preisen. Seine Töchter sind sitzen geblieben.

Die Regina war damals schon reif zum Abpflücken. Bei Gott! sie hing an ihrem Zweig nur so: nimm mich, oder ich falle! Sie konnte eindorren, wenn man sie nicht pflückte. Ihre Schuld war es nicht. Die zweite, Charlotte, wartete damals noch auf den nächsten Sommer, aber er, Mainone, hatte sie zu der Zeit sehr geschätzt mit ihren großen, glanzvollen Tollkirschenaugen. Also auch sie hatte vergeblich auf ihrem Zweige gewartet! Seine Schuld war es nicht. Der Verkehr brach so plötzlich ab.

Erst lang nachher kam er auf den Grund: er hatte, ohne es zu wissen, den Helfershelfer eines übeln Streiches abgegeben, dieweil der Anstifter irgend wo anders in der Welt sicherlich noch mehr dergleichen Schandtaten in aller Seelenruhe weiterverübte. Mainone, der ein Gewissen für zwei hatte, schämte sich manches Jahr im Stillen, so oft er an die Geschichte dachte. Aber da er mittlerweile wahrlich Schwereres zu tragen bekommen, durfte er an dieser ersten unschuldigen Schuld nun auch sein bißchen Vergnügen haben. Also:

Seine Eltern führten ein zwischen Familiensorgen und gesellschaftlichen Veranstaltungen wunderlich geteiltes Haus. Die Sorgen kamen auf seinen Vater, den *medicinae doktor* Wilhelm Mainone, der von Natur auf das stille begnügte Leben eines Gelehrten verwiesen, mit einer dürftigen, wenig einträglichen Vorstadtpraxis sich abplagen mußte. Das Vergnügen aber kam auf seine Mutter, eine ruhelose Frau, die, aus sogenanntem gutem Hause stammend, im glänzenden Wolleben einer Familie aufgewachsen, welche bereits mehrere große Vermögen verpraßt hatte, zuerst ihre eigene Schönheit in der Bewunderung festlicher Leute zu sonnen liebte, nun aber, da dies bei reiferen Jahren nicht mehr als Selbstzweck anging, für ihren Sohn zu walten vorgab, wenn sie lustige Geselligkeiten aller Art veranstaltete. Der Junge sollte nämlich bei solchen Gelegenheiten Verbindungen anknüpfen und befestigen, die ihn später vorwärts und in eine bessere Laufbahn brachten, als dem weltunkundigen Vater vergönnt gewesen. Und sei es, um ihrem Drängen nachzugeben und bis zum nächsten Sturm des Vergnügens Ruhe zu finden, sei es, weil ihre Scheingründe einiges für sich hatten, ließ der Doktor Mainone sie gewähren.

Vor jedem solchen Feste gab es heillose Verwirrung im Hause, da wurde die Tafel gerüstet, hohe Trachten blaublumiger Teller und Schüsseln wurden als einer Armee der Eßbereitschaft auf Damast und Zierlinnen verteilt, festliche Platten mit verschiedenem kalten Aufschnitt und buntem Gemüse ausgelegt, in Silberaufsätzen türmte sich Obst und süßes Backwerk, alles in allem ein ausgedehnter Scheiterhaufen, der an einem Abend in einem Prachtfeuerwerk aufzugehen bestimmt, nichts hinterlassen sollte, als ein bißchen moralischen Qualm.

Zu den übrigen, längst bekannten Gästen des Hauses sollten diesmal die Mädchen Amlacher und ein neuer männlicher Teilnehmer eingeführt werden. Die Mädchen, weil sie hübsch waren und wegen ihres hochangesehenen hofrätlichen Vaters, Josef Pramer, Ludwigs Schulkollege, der Primus unter den Abiturienten, als notwendige Vermehrung des Tänzerpersonals. Dieser Jüngling, schlank, von gefälligem Äußern, Sohn eines armen Bürgerschullehrers, war auf eine tunlichst musterhafte Haltung verwiesen, weil er sich durch Lektionen fortbringen mußte und ein Stipendium genoß. Doch verstand er es, sich mit bescheidenen Mitteln zierlich zu kleiden, wie er auch in der Schule aufs genaueste seine Pflicht erfüllte, so daß er nicht um einen Haarstrich mehr leistete, als nötig war, aber beileibe nicht um einen Haarstrich weniger. Beim Anschein treuherziger Kollegialität jederzeit bereit, seinen lieben Nächsten um eine gute Note zu verraten, wußte er dies zugleich so geschickt anzustellen, daß er immer geehrt blieb, als die schlechthin gymnasiale Vollkommenheit. Dabei war er jedoch ohne weiteres zu einem verheißungsvollen Seitensprung und Abenteuer geneigt, wofern es sich nur ohne Gefahr und auf fremde Kosten machen ließ. Kurz ein besonnener, fester, früher Ehrenmann. Der Josef Pramer nahm Ludwigs Einladung entzückt an, hatte ihm doch der Schneider glücklicherweise just tags zuvor den neuen tadellosen schwarzen Salonrock geliefert.

Am Abend kamen in den Wintermänteln und in Spitzenhauben oder Mützen gemummt die jungen Fräulein samt den zugehörigen Müttern und Vätern. Welch ein liebliches besorgtes Flüstern, Lachen vor den Spiegeln im Vorzimmer, wo die Frisuren geprüft, die lichten Kleider zurechtgezupft wurden, ehe man in den Salon eintrat! Dort standen zuerst die jungen Damen in einem beständig schwirrenden Häuflein, wie Schwalben vor dem Abflug durcheinander zwitschernd, während die Mütter sich für ein ausgiebiges Zuschauen zusammensetzten und die Väter sich im Hintergrund als aufrechte schwarze Gestalten aufpflanzten. Die Tänzer wiederum bildeten ihrerseits ein Fähnlein. Aber bald schwenkte der erste zu den Fräulein hinüber, der zweite folgte und der dritte, und rasch stellte sich die richtige Mischung her. Die schlanke Regina Amlacher überragte die jungen Damen und blickte mit ihren Augen verlockend, gebieterisch hierhin und dorthin. Flugs trat der Josef Pramer zu ihr wie das bestimmende Zeitwort zum wichtigen Satzgegenstande und sprach mit ihr und machte ein über alle Maßen freundliches Gesicht. Der Sohn des Hauses, unser Ludwig, fand nicht lange Zeit, ihn zu beobachten, denn er hatte seine eigenen Sorgen, gab es doch drei junge Damen, unter die er sein Herz gerecht teilen mußte, während er sich verpflichtet glaubte, es ungeteilt einer von den dreien zu schenken. Nur wußte er leider nicht, welcher er es ganz bieten sollte, welche es etwa angenommen und am ersprießlichsten verwaltet hätte. Die eine war die Elisabeth May, ein zierliches, halb kühles, halb spöttisch leidenschaftliches goldblondes Fräulein, mit einer überraschenden tiefen, schmeichelnden Altstimme, die wie das Locken eines schattendunkeln Wassers im Sommer klang. So jung sie war, so umworben war sie, und man erzählte sich, daß sie schon einen Studenten als verlobten Gesellen ganz und gar gefangen habe, doch ließ sie sich immerhin mit Vergnügen den Hof machen, aber so spöttisch und kritisch, daß man nur eben wußte, man sei recht als ein Garn um ihren Finger gewickelt, während das Lachen dieser tiefen Stimme dazu mit vergnügter Schadenfreude läutete. Liebte Ludwig die Elisabeth May? Da er es nicht genau wußte, oder sich dessen nur schwer unterfing, wollte er es erfahren, indem er sich heute mit den beiden anderen abgab, welche sein Herz als nicht minder liebenswürdig schätzte. Irgendein Orakel würde heute schon sprechen.

Er stellte diese beiden andern Umworbenen mit einer Geschicklichkeit, die ihn überaus weltmännisch dünkte, zusammen ins Gespräch: Hedwig Obermann, die angehende Lehrerin und Charlotte Amlacher, die jüngere Hofratstochter. Hedwig Obermann, ein mutterloses Mädchen, führte ihrem Vater die Wirtschaft und über fünf jüngere Geschwister Aufsicht und bereitete sich dabei auf den Lehrberuf vor. Diese Sorgen und das eigene früh bestimmte, ernste mütterliche Wesen gaben ihrer Anmut etwas eigentümlich feierliches und frauenhaftes, so daß selbst die Heiterkeit des Festes ihren Ernst nur überglänzte, nicht aufhob. Sie antwortete ruhig und mit bescheidener Klugheit auf seine Reden, wobei er im Stillen die reinen Linien dieses sanft gerundeten Gesichtes, das feste, ein wenig breite Kinn, die gerade Nase, den schöngeschwungenen Mund mit dem reizenden Ungefähr von Lotte Amlachers launenhaft unfertigen Zügen verglich, aus denen die unwissenden, lachenden Tollkirschenaugen ganz und gar töricht blickten.

Den Beginn machten verschiedene Gesellschaftsspiele und Scherze. Die jungen Herren boten allerhand Kunstfertigkeiten und Taschenspielereien auf, einer ahmte die ganze Burgmusik nach mit Tschinellen, Bombardon, großer Trommel, Trompete, ein anderer sang Kouplets wie ein Volkssänger.

Dann kam die Tafel. Ludwig Mainone führte die Hedwig Obermann. Es gefiel ihm gar wohl, daß sie sich nicht zierte, sondern ordentlich aß nach Lust, aber mit feinem Maß, wie es sich gehört und dabei ein gutes Gespräch führte, welches ihn sogar die Charlotte Amlacher aus dem Auge verlieren ließ, die mit einem andern Herrn zu Tische gegangen war. Ihm gegenüber aber saß Elisabeth May, die goldschimmernden Zöpfe zu einem Krönlein auf das Haupt gesetzt, das sich heiter und huldreich neigte und hierhin oder dorthin wandte, wobei es ihm zuweilen schien, als treffe ihn ein verwunderter, fragender Blick aus ihren blauen Augen, was er mit Genugtuung feststellte. Dies sollte wohl bedeuten, daß sie seine Huldigungen vermißte.

An der Tafel ging es lebhaft her. Gelächter, Reden und Geberden flogen hin und wieder, wie das Zwitschern von Vögeln über einen vollen Baum, ein Lärm, der immer ungeduldiger wurde, je rascher die Vorräte schwanden und je lebhafter sich der Tanztrieb all der jungen Beine rührte, die solange scharrten, bis endlich auf das Kommando der Hausfrau sich alles erhob und in den mittlerweile ganz ausgeräumten Empfangssaal zurückströmte.

Nur die Mütter und Väter verharrten bei Krachmandeln, Likör und Zigarren an der Tafel, bei allerhand Gesprächen, da das gesetzte Alter von rechtswegen einen behaglichen Sitz und Tisch zu schätzen weiß und behauptet.

Nun begann das Tanzen. Regina Amlacher eröffnete es mit dem Josef Pramer. Ihre schlanke Figur drehte sich in der Mitte unter dem Kronleuchter gemessen und mit schmachtend zurückgebogenem Halse, ihr Tänzer, ein Stück kleiner als sie, blickte ihr froh in die irrenden Augen. Allmählich umringten die übrigen Paare dieses erste und ließen es in der Menge der Mädchen und Jünglinge gleichsam untertauchen, doch hob es sich, wie aus einer bewegten Flut zeitweise immer wieder hervor: der triumphierende Bursche, einen gewissen dreisten Zug um die schwarzbeflaumten Lippen und Regina Amlacher, welche auf eine Bemerkung, die er ihr zuflüsterte, gelegentlich mit einem kecken Lachen den Lärm durchblitzte. Sie tanzte geflissentlich, wie es schien, fast unaufhörlich mit diesem neuen Gaste. Denn da war noch ein anderer, älterer Student, den man für ihren Anbeter hielt, und es schien, als wolle sie gerade den damit reizen und verspotten, daß sie sich durchaus mit einem so jungen Frechling abgab. Doch hatte Ludwig wahrscheinlich nicht Zeit und Lust, sich um dieses Paar genauer zu kümmern, erstens war ihm die Regina zu alt und er wollte seinen Kollegen nicht stören, zweitens hatte er seine Aufmerksamkeiten zwischen der Hedwig Obermann, der kleinen Charlotte und der Elisabeth May gerecht zu teilen. Diese schattendunkle Altstimme sollte es nur wissen, daß noch andere da waren, die ihn besser zu schätzen verstanden. Allmählich mischten sich sogar die unternehmenden Väter in den Tanz und die Mütter, die Hausfrau mit dem General Hebenstreit. Und sein Vater, der stille, altfränkisch-behäbige Doktor Mainone führte nach Schicklichkeit jedes einzelne der jungen Mädchen zum Walzer, wobei er nach der Sitte längst vergangener Zeit den rechten Arm weit ausstreckte, so daß er einen schützenden Kreis um sich und seine Dame zog, während die Schöße seines schwarzen Jacketts im Winde des Walzers flatterten.

Eine eigentümliche Rührung ließ den jungen Mainone seinen Vater immer wieder mit den Blicken suchen, wie er so ehrbar und freundlich mit allen den Mädchen seine ziemliche Runde tanzte. Der junge dachte dabei und verwies es sich zugleich: »Wer weiß, wie lange ich dich noch habe, mein lieber Vater und Kamerad.« Hingegen schämte er sich im Stillen der über und über roten, vergnügten und allzulaut lachenden Mutter, welche wie die jüngste lärmte und keinen Tanz ausließ. Und indem er der Mutter zürnte, die ihm ungebundener sich zu gehaben schien, als ihrem Stand gebührte, schämte er sich wieder dieser Beobachtung selbst.

Am Klavier saß die Frau Generalin Hebenstreit, auch nicht viel älter als seine Mutter und spielte unverdrossen zum Tanz auf, hackte einen Walzer nach dem andern. Sie machte den Tappeur, weil ihr Sohn, ein öder langer Laban auch unter den übrigen sich rührte, nicht ohne, so oft es nur möglich war, allen Damen auf die Zehen zu treten, die Ordnung zu stören, oder irgendwie unliebsam aufzufallen. Die Generalin trug große Hornbrillen, welche ihr sonst feines, und noch liebliches Gesicht arg entstellten. Und als der junge Mainone von einer Tour erschöpft, mit Hedwig Obermann am Arm zufällig vor dem Klavier stehen blieb, an dem die gutmütige Frau geduldig und unermüdlich den Übrigen aufspielte, sah er, wie es um ihre Lippen seltsam zuckte, gleichwie ein Säugling den Mund zu einem kommenden Weinen kläglich herabzieht und bewegt. Das war wohl die Kehrseite der Festschaumünze, daß das mütterliche Alter bei leiser aber streng verhaltener Lebenslust den andern aufspielen mußte.

Der Kotillon machte zugleich auch den Kehraus des Festes mit spaßhaftesten Einfällen und Figuren, deren letzte darin bestand, daß die ganze Schaar, Hand in Hand von dem hellen Saal durch das

Speisezimmer in alle dunklen Stuben der Wohnung zog, sich als ein Menschengewinde um alle Möbelgruppen, flüsternd durch die finstern Winkel schlang, selbst in die Küche zu den lachenden geschmeichelten Mägden kam und durch das Vorzimmer schließlich wieder in den Tanzraum zurückkehrte, wo sich die Ordnung mit Verbeugungen und Scherzen auflöste. Ludwig und die Obermann hatten just Elisabeth May als Gegenüber, die sich nicht versagen konnte, ihrem ungetreuen Bewunderer anläßlich der Abschiedskomplimente mit ihrer beim Lachen in der Höhe leicht abbrechenden Altstimme zu sagen: »Sie scheinen sich ja sehr gut zu unterhalten.«

»Gewiß, das tu ich,« antwortete Ludwig geschmeichelt keck und glaubte, seinen Haupterfolg erreicht zu haben, daß die May eifersüchtig sei, indes seine eigne Dame, die Hedwig Obermann ihn verwundert ansah.

Bevor man Abschied nahm, hatte Ludwig aber wieder die Charlotte Amlacher bevorzugt und trank ihr mit einem Becher Fruchtwasser zu, während sie ihn unbefangen an- oder auslachte. Dann vermummten sich die Fräulein und Mütter in alle ihre Behänge, Mäntel, Hauben, Tücher und Mützen, wie Sterne in Morgennebel. Beim Abschiednehmen sah Ludwig, wie sein Vater sich von der Frau Generalin Hebenstreit, für welche er eine zarte Verehrung hegte, empfahl. Ihre Hand stak in einem Handschuh, der Doktor Mainone mochte das Leder nicht mit seinen Lippen berühren und schob daher sanft den schwarzen Spitzenärmel hinauf und küßte ehrerbietig den weißen Arm der liebenswürdigen Dame über dem Handgelenk.

Das gefiel dem Sohne gar wohl, und er beschloß, das schöne Beispiel nachzuahmen. Zuerst versuchte er es mit der Hedwig Obermann, doch kam er gar nicht dazu, denn sie schüttelte die dargebotene Rechte so kräftig, daß aus einem Handkuß nichts werden konnte, die Elisabeth May wiederum trug Spitzenhandschuhe, die reichten ihr bis zum Ellbogen, und als er ihre Hand trotz ihrem Wiederstreben an seine Lippen führte, mußte er sich begnügen, das zarte Gewebe zu küssen. Die Charlotte Amlacher endlich trug gar keine Handschuhe und wehrte sich auch nicht, da sie seinem Gebühren keine besondere Absicht beimaß und lachte, als er ihr rundliches Kinderhändchen küßte. Aber da diesfalls kein Widerstand zu besiegen gewesen, galt ihm solcher Erfolg nichts, und er sah, daß des Vaters gutes Beispiel erst einer richtigen Gelegenheit bedurfte, um sich lehrreich verwenden zu lassen.

Unter leisem Nachgelächter, verhallendem Abschiedsscherz, Verabredungen für ein nächstes Zusammentreffen auf dem Eislaufplatz oder für sonstige Vergnügungen zog die ganze Gesellschaft über die dunkle Stiege davon.

Am nächsten Tage in der Schule ging ein Austausch lebhafter Bekenntnisse und Erinnerungen zwischen Ludwig und dem Pramer an. Unter dem Siegel der ehrenwörtlichen Verschwiegenheit vertraute der Primus seinem Kameraden dieses:»Du, die Regina Amlacher ist doch das verteufeltste Frauenzimmer, das mir jemals begegnet. Hast du nichts bemerkt?« Ludwig schaute ihn fragend an. »Sie war immer mit mir, den ganzen Abend. Um keinen andern hat sie sich gekümmert und wenn sie beim Gesellschaftsspiel von mir fortgerissen wurde, wußte sie es gleich wieder einzurichten, daß sie an meine Seite kam. Und kaum hatten wir uns eine Viertelstunde lang unterhalten, spür' ich auf einmal, wie sie meine Hand drückt. Ich glaube, ich irre mich etwa, es ist doch nicht gut möglich. Da preßt sie meine Hand so stark, daß ich's bis in die Zehenspitzen spürte. Kein Zweifel mehr an ihrer ehrbaren Absicht. Zum Teufel, das kann ich auch, denk' ich und dann haben wir den ganzen Abend solche Zeichen ausgetauscht.«

Ludwig hörte es entgeistert, ungläubig. »Und was wirst du erst dazu sagen, was nachher kam! Beim Cotillon, als wir durch die dunkeln Zimmer tanzten, da habe ich mich zu ihrem Hals gebeugt, ich durft' es mir schon erlauben. Und wie sie meine Lippen auf ihrem Nacken spürt, dreht sie sich mit einem Ruck um, und kaum hab ich's denken und fühlen können, preßt sie ihren Mund auf meinen! Du! Aber gleich wurden wir von den übrigen fortgezogen und kamen aus dem Dunkel in die helle Küche. Sonst hätte ich sie noch einmal und ausführlicher geküßt; aber dann war leider keine Gelegenheit mehr, als daß sie mir höchstens noch auf der Stiege einmal die Hand gedrückt. Herrgott, welch ein Weib! Was meinst du nun? Eine tolle Person, gelt?« Der Ludwig Mainone war über die Hofratstochter aus den Wolken gefallen und fragte sich nachdenklich, ob wohl auch die Charlotte sich hätte küssen lassen, wenn er daran gedacht hätte. Er überlegte sich freilich einen bescheidenen Handkuß, und der Pramer nahm sich gleich den Nacken und Mund und was ihm nur beikam. Das war ein Kerl! Dann verschwand die Festangelegenheit hinter den täglichen Schulsorgen.

Inzwischen wußte es Mainone so einzurichten, daß er die Hofratsleute, die Mutter mit ihren Töchtern möglichst oft zufällig auf der Gasse traf, wobei die Regina mit strengem kühlen Blick und trotzig gerader Haltung neben der Mutter herging, während Ludwig der Charlotte seinen Arm bot, als sei es nur selbstverständlich, daß er in eine junge Dame eingehängt spaziere. Unter den Schulkollegen wuchs sein Ansehen bedeutend, als man ihn in diesem paarweisen Wandel beobachtete.

Zur Revanche sollte schicklicherweise auch die Familie des Doktor Mainone einmal zu den Amlachers eingeladen werden, wovon sich Ludwig der kleinen Charlotte halber viel versprach. Er teilte dem Pramer hoch erfreut mit, daß er am folgenden Tage mit seiner Mutter beim Hofrat eine Antrittsvisite machen werde, welcher eine Einladung zu einer förmlichen Abendgesellschaft hoffentlich nachfolgen müßte.

Der Pramer nickte mit glänzenden Augen bei dieser Kunde und zog ein schönbeschriebenes, zusammengefaltetes Papier aus der Brusttasche, wobei er geheimnisvoll erklärte, dies sei eine halb komische, halb ernste Dichtung, zu welcher ihn die Regina begeistert habe, er bitte seinen Freund, dieses Poem bei den Hofratstöchtern vorzulesen, oder irgendwie sonst in geeigneter Weise zur Kenntnis der Schönen zu bringen. Ludwig versprachs und fand das wunderliche Produkt äußerst spaßhaft. Wie es ihm irgend annehmbar oder möglich erscheinen konnte, blieb ihm nachmals völlig unverständlich, da er doch schon in diesen Jahren alles Schöne und Gute der Literatur gelesen hatte und sonst gar wohl einen Leuen von einem Esel, eine Rose von einem Rhizinus zu unterscheiden verstand. Aber sei es, daß gegenüber eigenen oder den Erzeugnissen der nächsten Zeitgenossen, jedes unbefangene Urteil versagt, sei es, daß das Erlebnis ihn blendete, Ludwig hielt dieses beschriebene Blatt Papier für ein Meisterwerk und es den angebeteten Damen zur Kenntnis zu bringen, für durchaus gerechtfertigt.

Bei der Antrittsvisite wurde Ludwig, der mit seiner Mutter erschien, von der Frau Hofrätin und ihren beiden Töchtern empfangen. Der Herr Hofrat weilte, wie es einem Amtsgewaltigen ziemt, im Ministerio. Die Dame hatte jene zurückhaltende Strenge, die sich sorgenvollem Standesgefühl so gerne mitteilt. Das Gespräch kam natürlich auf das unlängst durchlebte schöne Fest im Mainoneschen Hause, wovon um so schicklicher geredet wurde, als ihm die Hofrätin krankheitshalber ferngeblieben war. Man berichtete von allen Einzelheiten, die Töchter Regina und Charlotte hatten zwar längst schon das Gleiche geschildert, nun aber konnte man es von anderer Seite beleuchten, und Ludwig geriet bald auf das Genie seines Kollegen Pramer, dessen Dichtung er sacht aus der Tasche zog und vorzutragen begann.

Da war die Rede von einem armen Flötenspieler, welcher einmal in einem Märchenschlosse spielen durfte und das Herz der schönsten Prinzessin gewonnen hatte, ohne daß der König oder irgendwer im Hofstaate etwas merkte. Nur er wußte darum, denn der Musikus weiß so etwas immer, indem seine Töne geradewegs in das begehrte Herz dringen und von dort zu dem des Spielers mit der Antwort zurückkehren, was ihre eigentliche Harmonie bedeutet. Da beschloß der Flötist mit seinem Wundermundwerkzeuge die begehrte Prinzessin demnächst ganz zu gewinnen, ja zu entführen, weshalb er sich am Donnerstag um vier Uhr nachmittag mitten auf dem Michaelerplatz aufstellte und zu spielen begann. Alles folgte seinen Tönen, aus den Häusern strömte alt und jung, selbst die Greise humpelten ihm auf Krücken zu, die Kutscher fuhren ihm mit ihren Wagen nach, die Hausierer legten ihre Bündel ab und walzten um ihn, Hunde und Katzen tanzten miteinander Zweischritt nach dieser Weise, endlich wurde, wie an einem unsichtbaren Faden die Prinzessin von dieser Melodie aus dem innersten Burggemach hervorgezogen, wie sie war, mit ihrem schwarzen Haar und spöttischen Mund, der nach seiner Flöte gespitzt war, als wollte er selber blasen. Der Musikant aber wanderte, da er sie so weit hatte, unablässig lockend den Kohlmarkt entlang und über den Graben, immer an der rechten Seite der Straße, immer von wachsendem Anhang gefolgt durch die Weihburggasse, bis er im Stadtpark anlangte, wo sich auf den Wiesen und Wegen unter unaufhörlichem Tanzen so viel Volk durcheinandertummelte, daß es gar nicht mehr auffiel, als die Prinzessin sich endlich in seinen Arm hängte und mit ihm verschwand, während er seine Flöte längst an einen Baumast gebunden hatte. Das verzauberte Werkzeug spielte nämlich, wie von einem geheimnisvollen Munde geblasen, auch ohne ihn solange weiter, bis die Tänzer vor Ermüdung und Trunkenheit umsanken und auf allen Bänken, Beeten und Wegen lagen. Als sie sich am anderen Tage ermattet erhoben, suchten sie vergeblich die Prinzessin und hatten das Nachsehen.

Es ging Ludwig eigentümlich beim Vorlesen dieser Geschichte. Je weiter er darin kam, um so törichter, unleidlicher und fragwürdiger erschien sie ihm, er wurde verlegen, konnte aber, wie die verzauberte Flöte, doch aus anderen Gründen nicht aufhören, und als er fertig war, saßen alle Zuhörer in gleicher benommener Stimmung da. Dies Flötenspiel hatte bei ihnen gerade die entgegengesetzte Wirkung getan und sie versteint, statt in Bewegung versetzt. Die beiden Fräulein kicherten etwas, die Frau Hofrätin murmelte: »Ja, recht hübsch, in der Tat, hat ihr Kollege so viel Zeit zu solchen Sachen?« Ludwigs Mutter lenkte schließlich das Gespräch auf andere Dinge, wo es sich eine Weile langsam und ungelenk wie ein leckes Fahrzeug bewegte und schließlich untersank, so daß man sich erhob und Abschied nahm, wobei zu einer Einladung für ein neuerliches Zusammenkommen gar kein schicklicher Anlaß gefunden wurde.

Auch später sah man sich nicht mehr, zudem brachen trübe Zeiten herein, statt Flötenmusik gab es Arbeit und Sorge. So verlor Ludwig Mainone allgemach die Amlachers, seinen Kollegen Pramer, die blonde Elisabeth May und viele andere Zeugen seiner Torheit und Jugend aus den Augen.

Heute, da er die Todesanzeige las, dachte er an den wunderlichen Streich. Freilich war ihm bald, nachdem er ihn verübt, gar wohl ein Licht darüber aufgegangen, daß er gemißbraucht worden war, mit diesem Flötenmärchen eine ersehnte Zusammenkunft unter der Blume zu bestellen. Die genaue dichterisch umwobene Beschreibung des Weges mit Zeit- und Ortsangabe hatte nur er damals nicht gemerkt und verstanden und so das Gelegenheitsgedicht zur Ungelegenheit gemacht.

Er hätte, weiß Gott noch heute was darum gegeben, bei der Regina Amlacher damals eine leidlichere Figur gespielt, oder ein solches

Flötenmärchen wenigstens um seiner selbst willen produciert zu haben. Aber einen Narren für fremde Rechnung und auf eigene Gefahr dargestellt zu haben, das war eine üble Rolle.

Nur die Erinnerung hauchte über sein Mißgeschick eine tröstliche rosenrote Beleuchtung: sich selber zum Narren machen und es nicht wissen, das ist recht eigentlich das Beispiel der Jugend. Später erlebt man freilich zuweilen ähnliches, aber darüber kann und will man nicht mehr lächeln, noch sich's verzeihen; die Zeit ist zu kurz, die Schatten sind zu lang.

Ein Abenteuer der Gräfin N.

In der dumpfen bäuerischen Gaststube des kleinen italienischen Wirtshauses auf der Paßhöhe eines südlichen Alpenzuges, von wo der Aufstieg und Übergang nach den österreichischen Dolomiten gemacht wird, saß der große, breitschultrige, blonde Graf N., Legationsrat der deutschen Botschaft in Rom, mit seiner zarten, zierlichen Frau, die, obgleich schon in den Dreißigen, mit ihrem wirren schwarzen Haar, den dunkel leuchtenden Augen und der zugleich gebrechlichen und geschmeidigen Gestalt der Italienerin noch immer einem Mädchen von achtzehn Jahren glich, wie es etwa in ihrer Geburtsstadt Venedig mit einem Fransentuch um das blasse Gesicht in klappernden Pantoffeln über den Rialto zum Gemüsmarkt geht. Man sah es ihr wahrlich nicht an, daß sie schon manches Heitere und Ernste erlebt; eine geborene Principessa Trivulzi, von verarmtem, aber altem Adel, hatte sie in der diplomatischen und internationalen Gesellschaft Roms als junges Fräulein einen reichen französischen Baron bezaubert und war ihm als Gattin nach Paris gefolgt, um nach wenig Jahren einer modernen Reiseehe von Land zu Land, durch alle Sprachgebiete der gesitteten Welt, zu verwitwen, wieder in ihre Heimat zurückzukehren, in den wenig veränderten Salons der ewigen Stadt von neuem sich mit vertiefter, frauenhafter Anmut zu bewegen und schließlich den ernsten, geistig hochstrebenden, zu einer bedeutenden Laufbahn ausersehenen Legationsrat, den preußischen Grafen N. durch den widerspruchsvollen Reiz ihrer südlichen Natur, ihrer Leichtigkeit und rätselhaft vieldeutigen, gleichsam durch den Schleier des Physischen leuchtenden Leidenschaft dermaßen zu fesseln, daß er, der jüngere, sie trotz ihrer wiederholten Weigerung schließlich zur Ehe gewann.

Nun waren sie auf der Hochzeitsreise. Unter der kundigen Führung des gewissenhaften und in allen Gebieten unablässig nach der vollkommensten Bildung strebenden Mannes hatten sie wochenlang die oberitalienischen Städte bereist, wo er sie, ihr geheimes Wiederstreben gegen die systematische Anstrengung solch ungewohnten Anschauungsunterrichtes nicht achtend oder nicht bemerkend, von Museum zu Museum, von Kirche zu Kirche und durch alle alten Paläste geführt hatte, um sie die hohe Vergangenheit ihres Vaterlandes so recht erst kennen zu lehren. Zuletzt wollte er ihr

aber deutsches Wesen und seine eigene Muttererde zeigen; begehrte
er doch selber nach vielen Jahren der Abwesenheit das redliche Gut
der angestammten Sitte, Offenheit, Kraft und Treue, das er im Süden und namentlich bei dem verschlagenen Treiben der Diplomatie
doppelt vermißt. Was Wunder, daß er, ein starker, körperlich geüb-
ter junger Mann, zuerst die schönste Lust des nordischen Menschen: die Wanderschaft, das Ersteigen der strengen Berge, den
Blick von schwer bezwungenen Gipfeln auf das inständigste ersehnte. So wollte er die Alpen von der italienischen Grenze mählich
nordwärts bis zum bayrischen Hochland durchqueren, um samt
seiner Frau bloß mit Rucksack, Alpenstock, schweren Nagelschuhen
und Lodenkleidern ausgerüstet, einige Wochen lang einzig der
großen Natur anzugehören. In München gedachte er wieder den
leidigen Apparat des Gesellschaftsmenschen anzunehmen, und die
ebenbürtige Gattin seinen über das ganze Reich verstreuten, im
Süden und Norden Deutschlands begüterten Anverwandten vorzustellen. Wie es die Art der geschmeidigen Frauen nun einmal ist,
sich der Willkür männlicher Wünsche liebevoll zu fügen, ja in einer
gewissen Überwindung eigener Widerstände und entgegengesetz-
ter Neigungen sich eine Würze und einen Reiz mehr einzureden,
ergab sich die Gräfin in allem den Anordnungen und anstrengen-
den Zumutungen dieser für ihre Begriffe doch recht unbequemen
Art zu reisen. Sie verzichtete schwer genug auf alle gewohnten
Annehmlichkeiten, als da sind: langes Schlafen in weichen Daunen,
spätes Aufstehen und weitläufige Toilette mit umständlicher Kör-
perpflege, mehrfacher Wechsel der modischesten Kleidung zu allen
Gelegenheiten des Tages, Spazierfahrt zu Wagen auf dem Korso
oder nach den Kascinen, oder in der Gondel über den *Canal grande,*
je nachdem sie in Rom, Florenz oder Venedig die freie Einteilung
ihres Daseins beobachtete, Gastmähler in vornehmer Gesellschaft
unter lächelndem Entgegennehmen der Huldigungen vieler
Schwärmer, Besuch des Theaters oder Konzerts am Abend und
schließlich ein höchstes Erwachen aller Kraft und Laune, aller weiblichen Zuversicht und Heiterkeit auf den spät bis zum Morgengrau-
en erstreckten Festlichkeiten. Sie war gutwillig und munter genug,
diese anstrengende Wanderung als eine neuartige und drollige
Maskerade auf sich zu nehmen und vor den trüben Wandspiegeln
der dürftigen Wirtshäuser – vermied doch die Natursehnsucht ihres
Gatten geflissentlich den verhaßten Prunk der großen Alpenhotels

mit komischer Verzweiflung den Aufzug zu mustern, in dem sie sich tagtäglich bewegen mußte: das grüne Jagdhütlein über ihrem schwarzen Haar, die bunte schottische Flanellbluse und – ein immer erneuter Gegenstand ihrer ingrimmigen Selbstverspottung – die weiten Pluderhosen aus Tirolerloden, die ihr Mann eigens für sie hatte anfertigen lassen, denn nur diese halbmännliche Tracht gezieme sich für die Alpenwanderung einer Frau und gestatte das notwendige freie Ausschreiten. Daß sie dabei erst recht allerhand körperliches Unbehagen empfand, wollte er nicht Wort haben. Gewohnheit sei alles, und schließlich werde sie den Zwang der modischen Unnatur verachten, wie er. So mußte sie ihre zarte empfindliche Haut an das rauhe, heiße Tuch, ihre weißen Hände an den starken Alpenstock, ihr Gesicht an den schonungslosen Sonnenbrand und ihre kleinen, zierlichen Füße gar an die schweren, doppelt genagelten Schuhe gewöhnen. Am Abend, wenn sie wie heute nach acht- bis zehnstündiger Wanderung über Berg und Tal und Stock und Stein endlich in eine einsame Gastwirtschaft gelangten, empfand sie selbst die derbe und einfältige Nachtkost, das harte Lager als eine Erlösung, und daß sie die Schuhe ablegen, die Pluderhosen ausziehen und acht Stunden lang an keine Berge zu denken brauchte, als Belohnung der ausgestandenen Mühe. Wie oft seufzte sie im stillen über die wunderliche Art der Deutschen, die Höhe des Lebens in einer selbstauferlegten Entbehrung und äußersten Anstrengung erzwingen zu wollen, recht als hänge die irdische Seligkeit von einem wahren und vollkommenen Martyrium ab.

So saßen sie nun wieder einmal an dem grobgehobelten Wirtstische, von einer pfiffig lächelnden Padrona bedient: der Graf, behaglich seine kleine Pfeife rauchend, vor deren Dampf sie jedesmal einen ständigen Hustenreiz unterdrücken mußte, in eine große Gebirgskarte vertieft, auf welcher er den morgigen Tagesmarsch feststellte, sie selbst, müde, aber zufrieden, ein wenig Ruhe zu haben, und nicht ohne Sehnsucht, endlich nach dem Essen in ihr Zimmerchen hinaufzukommen, um die verfluchten Pluderhosen und Nagelschuhe loszuwerden. Zum Nachtmahl gab es auch eine der Marterspeisen des deutschen Gemütes, das einzige, was ein verstecktes, armseliges Gasthaus auf der Höhe bieten konnte: Geselchtes. Ein Glück, daß die Padrona sich zu einer Omelette verstand und ein Tellerlein Parmesan im Hause hatte, so daß sie zu dem gesalzenen, grobfaserigen Fleisch wenigstens etwas Sanftes, Warmes, in Öl Gebratenes, bekam. Und dann bot ein merkwürdiger Landwein einigen Trost, ein honiggelber, der auch ein wenig, aber wie süß, nach Honig und nach Blüten duftete und ein angenehmes, zärtliches Feuer in alle Adern schmeichelte, recht als eine Erlösung, die eine wesenlose Gehmaschine, die sie tagsüber vorgestellt, mählich beseelte und wieder erhöhte zu einem Weibe und heiteren Geschöpfe.

Im Gespräche und in der eigentümlichen Erholung, die gerade der Abend eines angestrengten Tages allen Gliedern und dem Geiste schenkt, so daß die Nerven wieder spannkräftig, die Launen belebt, das Herz erfrischt scheinen, als könnten sie noch einmal das Schwerste verrichten, in dieser Sonnenuntergangsstimmung versicherte der Graf zum wievielten Male seit dieser Wanderschaft, wie glücklich er sei, wenigstens für eine kurze Weile dem öden Treiben der gewohnten Gesellschaft und all den unerquicklichen Pflichten seines Berufes entronnen zu sein.

»Ich habe wahrlich Italien wie eine Heimat lieb, aber euere Männer kann und kann ich nicht vertragen; welch eine Sippe von Heuchlern und Gecken, welche Gewandtheit in der Verschlagenheit, welche innere Roheit bei der geschliffensten Liebenswürdigkeit des äußeren Betragens, es ist, als trüge jeder wie vorzeiten einen Dolch bei sich, um den nächsten Nachbar niederzustechen, wenn's irgendein Zufall passend erscheinen läßt. Alle gehen in einer beständigen Verkleidung umher und keiner zeigt ein wahres Gesicht, keiner hat eins. Und wie geschmacklos sind sie in ihrem modischen Zeug, die Erben einer solchen Vergangenheit, mit ihren grellen Krawatten, Schuhen, Anzügen, mit ihren zahllosen echten und Talmischmucksachen und ihrer aufgedonnerten Eleganz! Immer sind sie auf irgendeine Komödie aus, auf ein grobes Liebesabenteuer oder eine törichte Intrige, bloß um des Betruges willen, ohne wesentlichen Zweck. Sie haben überhaupt keinen eigentlichen Lebensinhalt, bloß eine ständige, sinnlose Maskerade. Wenn ich diese schlauen und doch widerlich inferioren Theatergesichter und Komödiantengebärden sehe, kann ich nur mit Mühe mein Grauen, meinen Abscheu unterdrücken. Endlich bin ich aus dieser Redoute auf ein Weilchen draußen im Freien!«

Ein leichtes Gähnen in sanftes Lächeln wandelnd, sagte die Gräfin: »Du klagst im Grunde deinen eigenen Beruf an, denn nicht das italienische Leben, sondern das Geschäft des Diplomaten macht alles zur Maskerade.«

»Bei euch zu Lande freilich, aber wir Deutschen treiben anders Politik, seit Bismarck dürfen wir aufrichtig sein und sagen offen, was wir wollen. Um so gefährlicher fühlt man sich in all das hinterhältige Getue eurer Verschwörer- und Karbonariwirtschaft verstrickt, hinter jedem italienischen Politiker steckt ein Abenteurer, ein Camorrist, ein Jesuit und ein Faulenzer und verwirrt einem die geradeste Sache.«

»Du vergißt das liebenswürdigste Volk, die Frauen.«

»Nein, die lieb' ich, wie nur einer, das weißt du, aber auch da täte unsere heimische Freiheit, Offenheit und sittliche Energie not, ihr Italienerinnen steckt doch auch in eurer Sklaverei von Putz, Courmachern und Nichstun, auf *eine* geistig bedeutende Natur, wie du, die an den Interessen des Mannes teilnimmt, alle seine Kämpfe seelisch miterlebt, kommen neunundneunzig Larven, die ihren kurzen Sommer verschwärmen, um dann als runzelige, bösartige und vergilbte Betschwestern und Kupplerinnen die Töchter und Enkelinnen zu verderben.«

Dann wandte sich das Gespräch wieder anderen Dingen zu; der honigfarbene Weiße stimmte die Gräfin heiter, ja spöttisch und wieder zärtlich und sehnsüchtig, doch schien ihr Gemahl von allen diesen schillernden Verwandlungen einer graziösen Seele heute wenig zu merken, ja es mißfiel ihm, daß sie so reichlich dem süßen Weine zusprach, der tückisch den Augenblick belebe, um am nächsten Tage die Glieder zu beschweren und leistungsunfähig zu machen. Er selbst trank nicht. Vergeblich suchte sie ihn zu überreden – auch Bismarck habe einen guten Becher geliebt – indem sie auf das zierlichste einen Kelch füllte, gegen das rote Abendlicht hielt und leuchten ließ, ihm anbot und zugleich für den kommenden Tag auf das einschmeichelndste eine längere Ruhepause erbettelte. Den Wein verschmähte der standhafte Gemahl, für ihren zärtlichen Blick und ihr liebenswürdiges Betragen dankte er mit einem galanten Handkuß, und was den morgigen Tag betraf, so mußten sie mindestens acht strenge Stunden gehen, um das nächste Ziel, das Ampezzaner Tal zu erreichen, so daß er keine einzige Minute des Morgens verschenken durfte. Um sieben Uhr früh mußte aufgebrochen werden. Seufzend trank die Gräfin ihren Kelch, lächelnd den ihrem Gemahl zugedachten aus und fügte sich in das Unvermeidliche.

Da erhob sich plötzlich draußen ein leises Stimmengeräusch, Rede, Gegenrede, und nach einem kurzen Durcheinander des Parlamentierens betrat eine wunderliche Gestalt die Gaststube: eine alte Dame, in weitfaltige, spitzenbesetzte schwarze Seide gehüllt, die recht um ihre hageren Glieder schlotterte, bewegte sich an einem Krückstocke, dessen elfenbeinener Griff in einer braunen, dürren, muskulösen Hand lag, und trug einen dunklen Kapottehut, von welchem ein dichter, schwerer Schleier über das vermutlich häßliche und verrunzelte Gesicht fiel. Sie ließ sich mühevoll und erschöpft ächzend an dem entferntesten Tisch in der Ofenecke nieder, von der Dämmerung verborgen und überdies den neugierigen Blicken durch ihre seltsame Kleidung sowohl entzogen als dargeboten. Die Wirtin hielt sich bei ihr eine Weile auf, es ging ein flüsterndes, unverständliches Zwiegespräch. Schließlich begab sich die Padrona kopfschüttelnd und mit verlegenem Ausdruck zu unserm Paare und bat in einem lauten Redeschwall mit fortwährendem Lachen, Achselzucken und bedauernder Gebärde, nicht ungehalten zu sein, wenn sie ein unangenehmes Ansinnen zu stellen habe.

Die alte Dame dort in der Zimmerecke sei auf der Reise nach Österreich zu Verwandten begriffen und habe, krank und beschwerlich genug, auf einem Maultier die Höhe erreicht, sei nun sterbensmüde und einer unentbehrlichen Nachtruhe gewärtig. Welch ein unerhörter Zufall für sie, die Wirtin, zu gleicher Zeit mehr Gäste beherbergen zu sollen, als sie eben könnte, da sie doch bloß eine Wohnstube mit Betten bereit habe, während für andere, etwa ankommende, unverwöhnte Touristen nur Platz auf dem Heuboden verfügbar sei. Sie möchte nun um alles in der Welt die Exzellenzen nicht in ihrem wohlerworbenen Recht auf das bestellte Zimmer verkürzen, doch könne sie um Gottes Christi willen die alte Kranke auch nicht auf den Heuboden schlafen schicken, noch zu dieser Nachtzeit davonjagen, da der nächste Ort mindestens drei Stunden weit entfernt und kein Führer noch Maultier gegenwärtig aufzutreiben sei.

Lächelnd sah die Gräfin ihren Mann an: »Sollen wir beide auf den Heuboden schlafen gehn und unser Zimmer der Alten dort einräumen?«

»Um keinen Preis. Wenn du sie schon aufnehmen willst, es ist peinlich genug, so teile eben mit ihr dein Zimmer, ich habe ja oft genug auf dem Heuboden geschlafen, ich will's auch heute.«

Nach einigem Sträuben und Hin- und Herreden fügte sich denn die Gräfin; auf ein Bett zu verzichten wäre ihr im Grunde doch allzu arg erschienen. Man trug also der Padrona auf, die alte Dame notgedrungen zur Mitbenützung des Zimmers einzuladen. Mühselig erhob sich auf diese Nachricht die Greisin und brach sofort auf, die Stube zu gewinnen, wobei sie sich im Vorübergehen vor dem jungen Paare tief verneigte, grüßte und ein paar unverständliche heisere Worte des Dankes und der Entschuldigung flüsterte. Bald darauf standen auch die beiden Reisenden auf, die Gräfin trotz dem ärgerlichen Zwischenfall heiter aufgeregt und voll Scherz und Fröhlichkeit, der Graf in komischer Verdrossenheit, auf sein gerechtes Quartier verzichten und eine solche alte Hutzel bei seiner Frau in aller Bequemlichkeit lassen zu müssen, während er sich mit dem Heuboden getrösten sollte. Resigniert küßte er die Gräfin auf die Stirn, schärfte ihr allerhand Vorsichtsmaßregeln und insbesondere ein zeitiges Aufstehen am Morgen ein, und mit einer verächtlichen Gebärde nach der abgehumpelten Störerin: »Wünsche gute Unterhaltung« sagend, begab er sich unter das Dach, während seine Frau ihr Zimmer aufsuchte.

Dort saß wieder in der dunkelsten Ecke die Alte auf einem Stuhl zusammengekauert, während eine Kerze auf dem Nachttischchen vor den beiden Betten ein Dämmerlicht über den engen Raum zittern ließ. Die Gräfin wunderte sich, daß die Greisin sich's noch nicht bequem gemacht und den kurzen Vorsprung nicht mindestens zur Nachttoilette benützt hatte, sondern auf ihren Krückstock gestützt, Hut und Schleier auf dem Kopf, unbeweglich, düster verharrte, ein Bild ratloser Torheit. Nun würde sie selbst auch noch am Ende das klägliche Zubettgehen der alten Person ansehen, gar dabei helfen müssen, müde wie sie war. Da wollte sie doch sich aufs rascheste entkleiden, ins Bett springen, sich umkehren, einschlafen und von der leidigen Nachbarin nichts mehr wissen. Sie richtete freundlich an die Alte eine Frage, doch schien diese nichts zu verstehen, sondern murmelte wieder nur etwas Undeutliches. »Ei so tu, was du willst, Närrin,« dachte die Junge und begann sich mit einer höflichen Entschuldigung auszukleiden. Sie nahm den Hut ab, löste ihr reiches, schwarzes Haar aus dem Knoten und warf das befreite Haupt mächtig zurück, zog niedersitzend die schweren Nagelschuhe aus und ließ sie befriedigt auf die Diele poltern. Dann knöpfte sie rasch die Pluderhosen los, so daß sie in kaum einer Minute befreit und zierlich dastand, sich ihrer erleichterten und verwöhnten Glieder erfreuend. In diesem Augenblicke geschah etwas Unerwartetes. Die Alte sprang wie ein Raubtier vom Stuhl und stürzte vor der Gräfin auf die Kniee. Entsetzt, keines Rufes fähig, starrte diese das Ungeheuer an, welches aber stammelnd, den Kapottehut, eine Perrücke und den Schleier vom Haupte reißend, sich als der schöne, abenteuerliche und rasende Cosimo Grimani darstellte, der ihr das letzte Jahr lang auf Tod und Leben den Hof gemacht und nach ihrer Eheschließung sich lauernd, mit ungemindertem Feuer zurückgezogen hatte, so daß sie ihn nur gelegentlich sah, aber vor seinem verlangenden und gebietenden Blicke doppelt Angst hatte, da sie einem anderen gehörte.

Der unvermutete Anblick, das komische Aussehen des erfinderischen und tollkühnen Liebhabers in diesem Altweiberaufzuge, die eigene Überraschung und leise Genugtuung, zu so maßloser Huldigung noch immer zu erregen, die Abwechslung eines solches Abenteuers in ihrer mühselig unwilligen Wanderverdammung, alles dies wirkte mit dem Feuer dieses einschmeichelnden gelben Weines zusammen, so daß sie, anstatt ihren Mann zu Hilfe zu rufen, der jetzt vielleicht über ihr auf dem Heuboden Schlaf suchte, zu lächeln, dann unter den Beteuerungen, Bitten, Seufzern, Klagen und Kühnheiten des Verkleideten leise und unaufhaltsam zu lachen anfing, womit das Schicksal dieser wunderlichen Nacht besiegelt war.

Am nächsten Morgen stand sie, noch vor der angesetzten Zeit, reisefertig und mit wohlzufriedener Ruhe im Gastzimmer, und als ihr Gatte mißmutig den Rucksack umhängte, und über die verdammte schlaflose Nacht auf dem Heuboden klagend, beiläufig fragte, was es mit der verfluchten Alten gewesen sei, die ihn aus seinem Zimmer verdrängt, antwortete sie mit einem verächtlichen

Achselzucken: »Ei, die schläft noch da oben wie ein Sack.« Dann machten sie sich wieder auf den Weg.

Die heilige Kümmernis

Eine Legende In einer alten Stadt, wo viele Fromme wohnen, steht im Seitenaltar einer dunkeln, abseits gelegenen Kapelle die Heiligenstatue einer fürstlich gekleideten, in allen Stücken mit zierlichem weiblichem Wuchs und Wesen gebildeten, ans Kreuz geschlagenen Frauenfigur, der nur – entsetzlich anzuschauen – an den zarten Wangen und unterm sanften Kinn ein richtiger Mannesvollbart flaumet. Viele Stammgäste beten gerade zu dieser »heiligen Kümmernis« – so heißt sie – mit leidenschaftlicher Vorliebe:

»Vor deinem Bilde knien wir hier, o wundertätige Heilige und Märtyrerin Gottes, heilige Kümmernis! Mit Lobeshymnen preisen wir Gott zugleich mit dir und danken ihm, daß er dich aus der Finsternis deines Heidentums gerissen, zum Lichte des Christenglaubens geführt, so wunderbar deine Reinheit dir erhalten und dich in Leiden gestärkt hat. Ans Kreuz geschlagene Jungfrau! Zu dir erheben wir unsere Herzen und allen unseren Kummer legen wir auf dich, heilige Kümmernis!«

Um das Jahr zweihundert nach Christi Geburt hatte der heidnische König von Lusitanien eine schöne Tochter namens Vilgefortis, die sich im stillen zu dem neuen Glauben bekehrt hatte, dessen Lehre damals in der ganzen Welt noch der Feindschaft und den Angriffen der Götzendiener begegnete. Da geschah es, daß ihr Vater aus Gründen der Politik, und weil sie in den Jahren war, wo eine Königstochter vermählt werden soll, den Prinzen von Sizilien zu ihrem Gatten aussah. Dieser gefiel nun der lieblichen Vilgefortis gar nicht, weil er ein Heide war, weil sie sich den viel herrlicheren himmlischen Bräutigam erkoren hatte, oder sonst aus anderen triftigen Gründen, kurz, sie weigerte sich entschlossen, diesem mißliebigen Freier ihre Hand zu schenken und bekannte sich deshalb mutig zu ihrem Glauben. Doch half ihr dies nichts, denn ihr grausamer Vater wollte sie zur verhaßten Ehe durchaus zwingen und setzte schon für den nächsten Tag die Hochzeit mit dem Prinzen von Sizilien fest. Da betete die schöne Vilgefortis in der tränenvollen letzten Nacht ihrer Unvermähltheit zu Gott, er möchte ihr die Anmut ihres Antlitzes benehmen, damit sie ihrem bösen Freier zum Abscheu werde und weiter ihrem Himmelsbräutigam unangefochten dienen dürfe. Weil sie so, was einer Jungfrau das Teuerste ist, die eigene Schönheit, um des Glaubens willen zu opfern bereit war, erhörte sie Gott, und siehe da, am nächsten Morgen erfand man sie mit einem schwarzen, flaumenden Mannesvollbart um ihre rosigen Wangen. Als ihr Vater diese furchtbare Veränderung wahrnahm und den Grund erfuhr, ergrimmte er so heftig, daß er sie sogleich lebend ans Kreuz schlagen ließ, damit sie, wie er sagte, Christo nun vollkommen ähnlich sei. Derart erhielt durch die Grausamkeit des Vaters diese heilige Jungfrau zur Krone der Unschuld auch die der Märtyrerschaft, und in Erinnerung ihrer Bedrängnis nannte man sie »heilige Kümmernis« und suchte sie mit Vorliebe auf, wenn man von unabwendbarer Not ergriffen, einen verzweifelten Ausweg zu erflehen hatte.

Nun geht es aber mit der Heiligkeit wunderbar zu, das Erreichen dieses bevorzugten Standes, obschon mit manchem Ungemach verbunden, ist ein vergleichsweise rascher Leidensweg, aber das Heiligsein und -bleiben währt lange. So hatte die »heilige Kümmernis«, weiland die schöne Vilgefortis in der Einsamkeit der kühlen, dunkeln Kapelle, in der betrüblichen Bewegungslosigkeit an ihrem Marterholze und bei der Anbetung so vieler Schwerbetrübter manches Jahrhundert lang Zeit, sich zu besinnen. Bei ihrer Überlegung sah sie zuweilen in den Glastüren eines gegenüberstehenden Reliquiars mit Entsetzen ihr entstelltes Antlitz und gedachte dabei ihrer einstigen untadeligen Lieblichkeit und wie sie so recht ohne Kunde der Welt, ohne Genuß des Lebens heilig geworden und hingeschieden, denn auch für ein gläubiges Menschenkind war es doch wohl keine Sünde, wenn es das kurze Erdendasein in ehrbarer Freude zu verbringen wünschte. Was so vielen frommen, aber unangefochtenen Mädchen vergönnt ist, in ihrer Blüte einen geliebten Mann zu finden, schöne Kinder, dem Herrn des Himmels und sich selbst ein Wohlgefallen, zu bekommen, oder auch nur eine einzige Stunde irdischen Glückes innig zu genießen, war ihr versagt geblieben, und nun hing sie schon all die längste Zeit als Heilige am Kreuze mit diesem unseligen Vollbart und verdankte nur der Abscheulichkeit ihres Martyriums ihre Beliebtheit, während kein sterblicher Mensch sie sonstwo hätte freundlich anschauen mögen, das Jahrmarktwunder, das sie war. Der Gedanke, noch manche weitere hundert Jahre, ja eine ganze Christenewigkeit bis zum jüngsten Tage so bebartet hier zu hängen, schnitt ihr ins Herz, und sie litt als vollendete und geschichtliche Heilige in aller Stille noch ein weit bittereres Martyrium, als das kurze von dazumal. Und wenn zufällig gerade niemand in der Kapelle weilte, der zur »heiligen Kümmernis« betete, so daß sie sich nicht zurückzuhalten brauchte, weinte sie helle Tränen in ihren Flaumbart hinein. Gott, der alles sieht, kümmert sich gar wohl auch um seine Heiligen, weil auch sie seine Allbarmherzigkeit nötig haben, obgleich er sich auf ihre Charakterstärke im allgemeinen verlassen kann. Und da er ihren Schmerz wahrnahm, beschloß er, sie zu trösten, zumal sie bei sich gar oft dachte, sie möchte sich ja mit ihrem Mißgeschick abfinden, wenn sie nur ein einziges mal und nur eine Viertelstunde lang wieder lebendig, in ihrer einstigen Schönheit, untadeligen Gesichts sich einer schuldlosen Mädchenfreiheit sollte erfreuen dürfen. Diesen Wunsch wollte der Allgütige erfüllen, aber nur ein einziges mal, um nicht etwaige Berufungen und weitergehende Wünsche der vielen berücksichtigungswürdigen Heiligen zu erwecken, denn wenn man irgendeinen bevorzugt und eine Ausnahme erlaubt, »so kommen gleich alle und wollen auch was haben.«

Der Allgerechte führte an einem Abend, als es dunkelte, einen jungen Musikanten an den einsamen Altar der »heiligen Kümmernis«. Die bärtige Jungfrau erfreute sich ohne Arg an dem schönen, freundlichen, armen, aber aus der Maßen liebenswerten Gesellen. Zu ihren Füßen hingen so manche dankbare Weihegaben erhörter Beter: silberne Herzen, Wachsbilder geheilter Gliedmaßen und dergleichen. Der betende Musikant besaß keinen Kreuzer Geldes, geschweige denn eine kostbarere Spende, da er aber der »heiligen Kümmernis« seine Anbetung und Erkenntlichkeit bezeugen wollte, denn er fühlte sich an ihrem Altar wunderbar gestärkt wie noch nie, nahm er seine Geige und begann zu ihrem Preise zu spielen. Und dies so herrlich, daß ein warmer Strom von Jugend und Anmut, von Licht und Liebe und mailicher Lust von seiner Seele zum Herzen der einsamen Vilgefortis drang und ihre ganze hölzerne Gestalt heiß durchflutete. Da jauchzte sie zum erstenmal aus tiefster Brust und fühlte sich frei wie in jener jahrhundertweiten Mädchenzeit, da sie in Lusitanien mit ihren Gespielen getanzt und gesprungen und noch von Heiligkeit nichts gewußt. Mit einemmal spürte sie auch keinen Flaumbart mehr um ihre Wangen, sondern daß sie glatt und rund und blühend waren wie Pfirsiche. Der Geiger sah dies Wunder, welches Gott durch ihn erwirkt und spielte sich und der herrlichsten Heiligen ein Preislied und dem allmächtigen Herrn der Welt, der ihm diesen Augenblick vergönnt. »All meine Fröhlichkeit lege ich auf dich, heilige Kümmernis«, dachte er, und sie glänzte ihm mit ihren lachenden Blicken entgegen. Wäre sie nicht ans Kreuz geschlagen gewesen, so wäre sie sicherlich zu ihm herniedergestiegen, aber in ihrer ergebungsvollen Unschuld dachte sie nicht entfernt an ein so kühnes Unterfangen. Doch verspürte sie in ihren zierlichen Füßchen, welche in kostbaren Pantoffeln staken, die sie als Königstochter selbst bei der Kreuzigung getragen, den holdseligsten Anreiz, zu solcher Musik einen Walzer zu tanzen. Und sie wußte kaum, was sie tat, als sie mit der raschesten Geberde – an jeder andern war sie behindert – von ihrem rechten Fuße den seidenen Pantoffel abstreifte und dem Jüngling wie eine Blüte von einem Strauch zufallen ließ.

Mit diesem Gegengeschenk flüchtete der Beseligte. Übermütig und wonnetrunken begab er sich in eine Schenke, wo er zum Tanz aufspielend, ein Stück Geld zu verdienen gedachte. In seiner gehobenen Stimmung geigte er dort so trefflich, daß er manchen Schluck Wein bekam, der ihm schließlich seine Besinnung vollends raubte, so daß er in höchster Erinnerung an das widerfahrene Glück den Pantoffel aus seiner Brusttasche hervorzog, einen dargereichten Becher Weines hineingoß und aus dem heiligen Schuh wie die himmlische Seligkeit schlürfte. Der kostbare, mit Perlen besetzte Schuh im Besitz eines blutarmen Burschen fiel auf und erweckte Verdacht, man drang in ihn, und da schrie er es in alle Welt hinaus, die »heilige Kümmernis« habe ihm selbst dieses Geschenk gemacht. Nein, er mußte es geraubt und den Altar geschändet haben. Heulend und unter furchtbaren Androhungen schleppte man ihn vor die Obrigkeit, die ihn, aller Beteuerungen ungeachtet, zum Tod am Galgen verurteilte. Die einzige Vergünstigung, noch einmal am Altar der »heiligen Kümmernis« beten zu dürfen, bevor er hingerichtet wurde, glaubte man dem armen Jungen doch nicht verweigern zu sollen und brachte ihn denn am nächsten Morgen, von einer Schar von Wächtern, Neugierigen, Lästerern und Frommen umringt, in die Kapelle.

Da hing die arme »heilige Kümmernis« gar betrübt und mit traurigem Gesichte, den rechten Fuß ohne Pantoffel, den ewigen schwarzen Flaumbart wieder um ihre Wangen, an dem Marterholze. Sie hatte eine böse Nacht hinter sich. So ging es, wenn ein Wesen ihresgleichen auch einmal eine gute Stunde begehrt! Es soll sein Glück mit dem Tode des unschuldigen, liebsten Nächsten bezahlen! Und ihrer unwiderruflich wiedergekehrten, bärtigen Häßlichkeit schämte sie sich bitterlich, denn wie mußte sie der arme Jüngling jetzt anschauen, der sie gestern so schön erfunden. Gestern war sie für eine Stunde die Königstochter Vilgefortis gewesen, die reich und frei in ihrem Glücke, sich selbst und damit auch ihm den höchsten Trost geschenkt hatte, heute und von nun an, die grauste Ewigkeit lang, blieb sie nichts anderes mehr, als eben die »heilige Kümmernis«. Der Gefangene kniete vor ihr nieder, betete mit Inbrunst und schien – der Allgütige würdigte seine schwache Magd zum zweitenmal seines Trostes – von ihrer Häßlichkeit nichts zu merken, sondern zog, als sei sie die blühende Vilgefortis von gestern, seine Geige an die Brust, welche er wie ein lebendes Wesen liebkoste, so daß das selige Holz – Gott wohnte in seinen Saiten – sang und klang, noch viel schöner als das erstemal zum Preise der »heiligen Kümmernis« und Gottes. Da lauschten alle Anwesenden tief ergriffen, denn eine gute Musik ist immer ein Wunder.

Und Vilgefortis lebte noch einmal auf, aber mit anderem Gefühl als gestern, nicht für sich und ihre Lust, sondern für diesen Erdensohn zu ihren Füßen besorgt, den sie nicht mehr als einen anmutigen Jüngling, sondern als ein bedrohtes armes Kind liebte. Bleich und schmerzenreich blickte sie auf ihn herab wie eine Mutter, denn nach ihren heiligen Jahren war sie es ja auch; und nun verspürte sie in ihren zarten Füßen abermals den Drang, sich zu rühren, aber nicht zum Tanz. Hätte sie sich befreien können, so wäre sie zu diesem Spielenden hinabgestiegen, um ihren königlichen Mantel schützend über ihn zu breiten. Dies durfte sie nun nicht, durfte kein Wort sprechen und war an ihr Holz geschlagen. Da löste sie mit einer himmlischen Sanftmut, anders als gestern, den zweiten Schuh, den von ihrem linken Fuß und ließ ihn sanft hinabgleiten, wie eine Träne, so daß er vor den Geiger hinfiel, als stummes Zeichen ihres Dankes und seiner Unschuld. Die Menschen, welche Wunder brauchen, um die Übermacht des Schicksals zu verstehen, begriffen jetzt freilich die Sache und jauchzten mächtig der »heiligen Kümmernis« zu, die ihre Kraft an einem Schwerbedrängten neuerdings so herrlich erwiesen. Sie führten den Geiger dann ins Freie und feierten einen guten Tag mit ihm.

Das wußten sie freilich nicht und ließen sich's nicht träumen, einen wie schweren Kampf die stille Vilgefortis zwischen zwei Tagen bestanden, und daß sie viele hundert Jahre nach ihrer Heiligung erst das eigentliche Wunder ihres Lebens erlitten und überlebt und daß sie sich ihren Namen »heilige Kümmernis« noch einmal bitter hatte verdienen müssen.

Der Verleger

Fräulein Porzia Blumenwitz, die Tochter eines reichgewordenen Federnschmückers, vereinigte alle Bildung die man mit fügsamem Verstand, mäßigem Fleiß und Gedächtnis und mit reichlichem Schulgelde erwerben kann in ihrer kleinen Person, so daß sie, wo immer eine Anregung ihr wohlerzogenes Gehirn berührte, mit behender und aufgeputzter Antwort zu erwidern vermochte, sei es im Gespräch, sei es am Klavier, auf dem sie Tonstücke mit Seele vortrug, sei es als Malerin, denn sie wußte auf der Leinwand anstatt der einstmals üblichen frommen Blumenstücke die modernsten kühnen dekorativen Farbenflecke hervorzurufen.

Wie konnte es ihr bei so vielfältigen Gaben an Bewunderern fehlen, zumal ihr Vater mit einer großen Mitgift hinter ihr stand und ein gastliches Haus führte!

Fräulein Porzia hatte die Maturitätsprüfung bestanden, kannte Latein und Griechisch, sprach englisch und französisch, war in der Kunstgeschichte zu Hause, verfertigte Holzschnitte, trieb Kupfer, entwarf Möbel und war somit nicht bloß ein modernes Weib, sondern schien es auch. Doch genügte dies alles ihrem ungemessenen Betätigungsdrange keineswegs, vielmehr forderten die Kräfte ihres Empfindens einen umfassenderen Ausdruck, und als Schriftstellerin glaubte sie sich so recht inständig ausleben zu können. Was sie ersehnte und begehrte, wußte sie freilich nicht recht, aber indem sie es sich von der Seele schrieb, wie man so sagt, gedachte sie es zu erfahren. In dieser Gemütsstimmung entstand ihr Buch: »Eine für alle.« Ihr Vater ließ es bei einem bereitwilligen Verleger erscheinen, sie selbst besorgte den Buchschmuck: unzählige weiße Arme reckten sich auf rotem Grunde nach einem Ziele aus, das man auf dem Umschlage nicht mehr sah, wodurch offenbar symbolich angedeutet werden wollte, daß dieses Ziel jenseits der Wirklichkeit lag. In großen Frakturbuchstaben, auf holzfreiem Papier, mit vierfingerbreitem Rande stand auf hundert Seiten das Gebet einer unfreiwilligen Jungfrau. Sie schilderte einmal alle Reize ihrer Persönlichkeit, aber auch jenes Kostüm, worin eine Weibesseele sich einhüllt als in die Kostbarkeiten jedes erlesenen Gefühles, denn sie war belesen. Und diese Schätze waren insgesamt einem Manne angetragen, der doch in der Stadt der Wirklichkeiten nicht wuchs, noch jemals erscheinen konnte, einem Jüngling, unberührt wie sie, durch alle Bäder der läuternden Wünsche gegangen, aber durch keine Erfüllung befleckt, schlicht wie eine Taube und wieder schlau wie ein Fuchs, der an allen Trauben gerochen. Er sollte rein sein, wie ein Blatt Papier, das niemals unter ihre Feder gekommen und liebeskundig, wie sie selber nach diesem Buche. Sie schrie nicht bloß für sich, sondern für alle unbemannten Schwestern ihres Geschlechtes nach dem Erfüller und Erlöser, aber sie stellte zugleich ideale Forderungen auf, so daß das verheißene Geschenk ihrer Liebe an schlechterdings unmögliche Bedingungen geknüpft schien, denn sonst wäre es ja nicht Sehnsucht gewesen. Mit einem Wort: es war ein kühnes Buch, es schrie von Widersprüchen, es troff von Reinheit und zitterte dabei vor Begierde, es gellte von Verschwiegenheiten, kurz es war eine Tat, wie man nur eine mit Worten begehen kann. Schwungvolle Zeitungsnotizen, die heute den Mythos schaffen, umwitterten ihre Persönlichkeit mit dem Nebel der Öffentlichkeit. Da wurde angespielt auf das Haus der besten Gesellschaft, dessen edelgesinnte Tochter für das ganze weibliche Geschlecht den wahren, den Urmann in die Schranken gerufen, wo sei der Jüngling aus ebenso guter Familie, der wohl ihren Forderungen sich stellen wolle. Und was dergleichen ebenso ritterliche, wie zartfühlende, innig empfundene und witzige Ankündigungen des Tagespresse mehr waren. Sie hatte die Fahne ihres Geschlechtes so recht eigentlich entrollt, die Zeitungen schwangen sie beseligt in alle Winde. Es war eine Lust, in solchen Tagen ein Weib zu sein. Sie spürte diesen Hochgenuß gesteigerten Daseins fast selbst schon wie eine Erfüllung. Ihr Vater, der zu seiner Zeit freilich heiratsfähige Töchter anders schalten und versorgt werden gesehen hatte, besann sich auf seine neue Würde als Erzeuger eines modernen Weibes, bedachte auch, daß Poesie nicht wörtlich zu nehmen sei und sonnte sich im jungen Ruhme seines begnadeten Kindes, nicht ohne jedem Gaste, der seine Schwelle betrat, ein prachtvoll gebundenes Exemplar des berühmten Buches einzuhändigen.

Fräulein Porzia erlebte in diesen Tagen des Triumphes eine eigentümliche Spannung, als müsse nach dieser ihrer Tat das wahrhafte Leben, das Wunder, seit Ibsen das eigentliche Bedürfnis des modernen Weibes, notwendig und doch überraschend eintreten. Sie versah sich irgend eines ungeheuren Ereignisses und zweifelte, ob die bereitwilligen Rezensionen allein der Lohn ihrer Begeisterung bleiben sollten. Wie immer kam die Erfüllung unscheinbar und unvorhergesehen aus einem dunkeln Weltwinkel.

Sie erhielt nämlich eines Tages einen geschäftlich abgefaßten Brief. Diese Tatsache allein mußte ihr schmeicheln, da bisher ihr Ruhm keinerlei materielle Wirkung gezeitigt hatte. Vergeblich war das rote Buch mit den langenden Armen an alle Berühmtheiten der Literatur versendet worden. Von keiner drang ein herzliches Echo zu ihr, höchstens ein frostig abwehrender Dank, was sie dem allgemeinen Neid gegen jedes junge aufstrebende Talent zuschrieb, aber doch peinlich empfand. Dieser Brief war das erste Zeugnis bereitwilligen Interesses. Ein junger Verleger, namens Martin, teilte ihr in kurzen Worten mit, er habe ihre Schöpfung mit warmer Teilnahme aufgenommen und erbiete sich, sie neu und schöner herauszugeben. Er gedenke mit diesem Werke eine schwungvolle, den modernen Bestrebungen gewidmete Tätigkeit bedeutend zu eröffnen. Zu diesem Zwecke sei zunächst eine vergleichsweise bescheidene Summe erforderlich, um den Rest der alten Auflage aufzukaufen, welche Erlaubnis er im Interesse der Verfasserin erbitte. Für die Neuauflage stellte er glänzende Bedingungen in Aussicht. Obgleich für Fräulein Porzia eigentlich kein rechter Grund vorlag, ihrem bisherigen Verleger die Treue zu brechen, dem sie eine hübsche Zahlung für den Druck und die sonstigen Spesen hatte leisten müssen, reichte die Tatsache, daß sich jemand freiwillig um ihre Dichtung bewarb, hin, diesen Förderer und Entdecker ihrer Begabung jedem nüchternen Geschäftsmanne vorzuziehen, um schon für das bewiesene Entgegenkommen werktätigen Dank abzustatten.

Unverzüglich beantwortete sie diesen Brief höchst einläßlich, verwertete gewisse kritische Erkenntnisse, die sie erst nach dem Erscheinen des Buches gewonnen, für den Neudruck und ersetzte die ganze Einleitung durch eine andere Fassung, welche sie beischloß. Zugleich sandte sie auch die verlangte Geldsumme, mit welcher der Rest der alten Auflage eingezogen werden sollte und harrte gespannt der weiteren Erfolge.

Seltsamerweise verstrichen einige Wochen, ohne daß sie eine Nachricht erhielt. Nicht einmal der Empfang des Geldes wurde ihr bestätigt. Zuerst schob sie diese merkwürdige Nachlässigkeit auf die mutmaßliche Ueberbürdung des jungen Verlegers mit Geschäften, allmählich aber befielen sie Zweifel. Zu ihrer Ehre sei's gesagt, sie fürchtete keineswegs für die Bagatelle, die sie gezahlt hatte, nur für ihr poetisches Renommé. Wie entsetzlich, wenn dieser Mensch etwa das Werk in der ersten unreifen Fassung abdruckte, ihre Verbesserung gar außer acht ließ, oder Druck und Ausstattung ohne ihre Mitwirkung besorgte, so daß sie vielleicht eines schönen Tages sich einem völlig mißratenen Ganzen gegenüber sah und dafür mit ihrem guten Namen einstehen mußte!

Kurz, es litt sie endlich nicht mehr unter dieser quälenden Ungewißheit, sie schrieb dem Unbekannten einen entzückenden Mahnbrief, in den sie alle Feinheit ihres Geistes, alle Eigenart ihres Stils legte. Sie selbst hätte sich in die Schreiberin eines solchen Briefes verlieben mögen.

Nach ein paar Tagen kam dieses Kunstwerk uneröffnet zurück mit dem Vermerk: Adressat unbekannt. Auf dem Umschlag erschienen allerhand Notizen, an denen der Eifer von Postboten ersichtlich war, den Gesuchten um jeden Preis ausfindig zu machen.

Da mußte sie wohl selbst das ihrige tun, ein so offenkundiges Mißverständnis aufzuklären. Zunächst suchte sie im Wohnungsanzeiger die Adresse des Verlegers Martin, suchte unter »Verleger«, suchte unter »Buchhändler«, suchte bei »Papier- und Drucksorten-Erzeuger«, suchte endlich im allgemeinen Namensverzeichnisse, alles umsonst. Es gab einen Tischler, einen Korbflechter, einen Verpflegs-Akzessisten, eine Näherin, die so hießen, keinen Verleger Martin. Sie beschloß nun, der Adresse nachzugehen, an die sie geschrieben hatte. Der Mann hatte deutlich angegeben, wo er wohnte, auch war das Geld richtig in seine Hände und nicht als unbestellbar zurück in die ihrigen gelangt.

So machte sie sich eines morgens auf – die Frühstunden waren wohl die geeignetsten, einen Geschäftsmann zu besuchen – und fuhr nach der Mariahilferstraße, wohin sie ihren Brief seinerzeit hatte richten müssen. Das betreffende Haus war eines der ältesten und weiträumigsten in dieser emsigen Handelsstraße Wiens. Da kam man aus einem großen Hof in den anderen, in jedem gab es etliche Stiegen, und von allen Seiten her tönten die verschiedensten

Geräusche der Hantierungen, die da getrieben wurden. In jedem Hofe spielten Kinder, rasselten Handwagen, dröhnten Leierkasten, hämmerten Hausknechte, dazwischen eilten Mägde, schütteten Kehricht und Abwaschwasser in den Kanal, so daß sich kleine Seen bildeten, sangen Hausierer. Fräulein Porzia ließ diesen ersten Eindruck eines, wer weiß, mit welchen Tatsachen erfüllten lehrreichen und großstädtisch-dämonischen Geschäftsungeheuers von Haus zunächst auf ihr immer aufnahmsbereites Künstlergemüt wirken, wanderte unschlüssig von einem Hof zum anderen, besah die Firmenschilder und bemühte sich, zu raten, welche Treppe sie wohl ersteigen müsse, um den gewissen Martin in diesem Chaos zu finden. Doch verzichtete sie schließlich darauf, sich ihrem Ahnungsvermögen zu überlassen, und nachdem sie vergeblich einige vorbeieilende Kommis nach dem Verleger Martin gefragt, pochte sie an die Glastüre der Hausmeisterwohnung. Eine breite, gutmütig aussehende und allzeit zu vertraulichen Gesprächen bereite Frau schob sich ihr entgegen und antwortete schon auf die erste schüchterne Frage, kaum daß der Name Martin gefallen war, mit einem schlitternden, herzlichen Gelächter: »Liebes Fräulein, Sie sind nicht die erste und nicht die letzte! Da waren schon viele und haben den Haderlumpen verlangt, den elendigen! Lauter noble und elegante Herrschaften! Wie der zu solcher Nachfrag' gekommen ist, möcht ich freilich gern wissen, der g'scherte Aff, der nichtsnutzige! Ein Verleger! Der Gauner ist selber verlegt! Die Herren Schriftsteller haben sich nur so gedrängt, kein Tag, wo nicht einer da war. Der geht ja über einen Heiratsschwindler!«

Fräulein Blumenwitz zögerte, weiter zu forschen, da sie solcher Auskunft doch nicht ohneweiters glauben wollte. Die gute Frau aber fuhr fort, sie mit aller Schadenfreude zu belehren, die das niedrige Volk gegenüber den genasführten Bildungsmenschen so gerne geltend macht. Der Herr Martin sei ein verkrachter Friseurlehrling, der nirgends getaugt, von seinen Meistern davon gejagt, zuletzt hier im Hause nur kurze Zeit als Aftermieter gewohnt habe, um schließlich von Schulden verfolgt, nach Favoriten zu verziehen, wo sein Onkel ihn aus Gnade und Barmherzigkeit beherberge.

Beschämt begab sich Porzia nach Favoriten, um nichts zu versäumen, ihr enttäuschtes Gemüt durch die volle Wahrheit zu läutern und zu befreien, oder vielleicht, wie sie im stillen hoffte, doch noch wieder zu erheben. Sie fuhr mit der Straßenbahn, wanderte mühselig durch allerhand dünne, traurige Gassen bis sie vor einem hohen dürftigen Vorstadthause angelangt war. Wieder fragte sie sich durch und fand sich endlich in einer Tischlerwerkstatt, wo der angebliche Onkel als Gehilfe diente. Sie wand sich durch Bretter, die auf Hobelbänken lagen, durch Pfeifenqualm und Leimgeruch, durch angefangene rohe Möbelgestelle, an schmutzigen, hemdärmeligen Gesellen vorbei und hatte Mühe, sich nicht mit Sägescharten zu beschmutzen oder Biergläser mit Beize zu verschütten. Die Leute sahen sie verwundert an und stießen einander lachend, als sie endlich vor dem Alten ihr Begehren nach dem Herrn Neffen wiederholte. Der Onkel, ein verwahrloster Kerl, dessen wirrer, weißlich blonder Bart von Pfeifentabak und Speiseresten starrte, setzte den Hobel ab, blickte sie durch eine grobe Hornbrille an, richtete sich auf, wobei das blaukarrierte Oxfordhemd sich verschob und zu ihrem Entsetzen eine behaarte Brust zeigte. Nachdem er ihre Frage endlich verstanden, wo sein Herr Neffe wohnte, antwortete er, zornig auf sein Brett einhämmernd, so daß sie ihn bloß mit äußerster Mühe verstand, in einem czechischen Deutsch, wie es nur die Tischler in seiner großartigen Mischung und Betonung zuweg bringen, der Lausbub sei nicht da, gewiß stecke er im »Tschecherl« unten; sonst gebe er ihm freilich Unterstand da drinnen. Dabei wies er auf eine Kammer und ging brummend voran. Porzia folgte ihm. An der Schwelle schon wäre sie fast umgesunken vor dem Geruch dieser Wohnstätte, die nur eine Luke zum Fenster hatte. Da stand ein Bett, mit Fetzen bedeckt; über einem zerknitterten Strohsack, dessen Inhalt allenthalben hervorquoll, hing ein durchlöchertes Leintuch, das selbst ihre geübte Phantasie sich kaum jemals als weiß oder rein vorzustellen vermochte, ein zerwühltes, schwärzliches Kissen lag am Kopfende. Hier schliefen sie beide, sagte der Alte und wiederholte malitiös genug, was bereits die Hausbesorgerin verraten hatte, daß viele feine Herrschaften schon dagewesen seien, sich nach dem Schlingel zu erkundigen. Er bekam auch viele Bücher. Dabei wies er auf ein Wandgestell, das voll Staub und Schmutz eine verkommene Haarbürste, einen in Silberpapier gewickelten Pomadenrest, ein durcheinander gewirrtes Bündel von Briefen und Papier, ein Tintenfläschchen, einen Federstiel und – Porzia zitterte – ein von einem übelriechenden, halbgeleerten Bierkrügel beschwertes rotes Buch enthielt, in welchem sie an den weißen emporlangenden Armen ihren Seelenschrei erkannte.

Nochmals wies sie der Alte an das Kaffeehaus unten, wo der Tagdieb alle Gaunereien aushecke, bis ihn endlich Polizei und Gericht fassen würden. Schamrot, als hätte sie selbst solche Streiche verübt, am ganzen Körper zitternd vor diesem Blick in den Abgrund des Daseins, empfahl sich die Schriftstellerin, drängte sich durch die Werkstätte und war endlich auf der Straße. Ein schwerer Kampf tobte nun in ihrem Gemüte, ob sie die Angelegenheit auf sich beruhen und den Schelm laufen lassen, oder sich um ihr Recht noch weiter, wenn auch vergeblich, annehmen sollte. Aber das Gefühl der Verantwortung bewog sie, nichts unversucht zu lassen und die Sache bis zum letzten auszutragen, denn mit ihr waren viele andere Autoren betrogen worden, und wenn sich keiner wehrte, mochten noch andere gleichen oder größeren Schaden erfahren. Es war Standespflicht, einzuschreiten und die gemeinsamen Interessen rücksichtslos zu vertreten. So schaute sie denn, während ihr Herz bis zum Halse klopfte, in die ebenerdigen Fenster des kleinen Kaffeehauses, wo sich der Übeltäter aufhalten sollte. In dem dunklen Raume waren nur zwei Billardspieler. Einer mußte der Verleger Martin sein. Wenn der zurzeit, wo andere arbeiten, nach allen seinen Untaten noch gemütlich und ruhig sich vergnügen konnte, durfte sie ihn wohl der verdienten Strafe zuführen. Mutig trat sie ein.

Am Billard stand als Spieler der Kellner in einem fettigen, schmutzbefleckten Frack mit zerrissenem Vorhemd, die Serviette über der Achsel und führte eben einen sorgsamen Stoß aus, worin er sich durch den eingetretenen vornehmen Gast gar nicht weiter beirren ließ, da er offenbar eine schöne Serie machte. Ihm gegenüber, am anderen Ende des Brettes, lehnte ein junger Mann in einer zierlichen Stellung, die Rechte hoch auf den Stab, die Linke in die Hüfte gestützt, die Beine in eng aneinanderliegenden, aprikosenfarbenen Hosen, das rechte ungezwungen über das linke gelegt und mit der rechten Fußspitze den Boden nur eben berührend. Das glatte bartlose Gesicht bekam von einer kunstvoll in die Stirne gekämmten Haartolle einen kühnen Ausdruck, seine grauen Augen verfolgten das Spiel des Partners, schienen aber zugleich den ganzen Raum und alles was geschah, zu umfassen und zu verachten.

Die nicht sehr saubere, doch immerhin modische Kleidung entsprach etwa dem Vorortegeschmack eines Haarkünstlers, namentlich das schwarze, kurzschößige Jackett über einer geblümten Weste, in deren Ausschnitt, an den hohen Stehkragen geknöpft, eine bunte Masche von einer Nadel durchbohrt war, die ein schwarz-rotgoldenes Wappen darstellte. Die gestärkte, leider nicht mehr tadellos reine Hemdbrust war mit kleinen verschlungenen Blümchen aus hervortretender Maschinenstickerei verziert. Fräulein Porzia stand an der Tür und maß den Jüngling mit Zorn und Staunen. Während der Markör unbeirrt seine Serie fortsetzte, erkannte sein untätiger Partner gleich den vornehmen Besuch und erwiderte den forschenden Blick der Dame mit einem feinen Lächeln, wechselte die Beinstellung, lehnte den Stab sanft an das Billard, faßte mit der freigewordenen Rechten ein Schnapsgläschen, das auf einem Nebentische stand, hob es, den kleinen Finger elegant ausgestreckt, empor, faßte das Fräulein gleichsam huldigend ins Auge und trank ruhig aus.

Als Porzia noch immer fassungslos stehen blieb, sprang er behend hinzu: »Gestatten die Dame«, nahm ihr mit einer Verbeugung den Schirm, den Muff, das Täschchen ab und faßte den Ärmel ihres Mantels, so daß sie wie im Traume sich des Übergewandes entledigt sah. Der Jüngling eilte mit diesen Gegenständen zu den Kleiderhaken an der Wand, brachte dort alles unter, kehrte im Nu zu Porzia zurück, die nun gleichsam wehrlos, noch immer vor dem Billard verharrte, bot ihr mit einer Verbeugung den Arm, den sie, wie von Sinnen, ergriff und führte sie zu einem Tisch am Fenster, wo sich das Fräulein mechanisch niederließ. Darauf faßte er den angelehnten Spielstab und stieß damit den in seine Serie vertieften Kellner sachte in den Arm, so daß dessen Ball mit einem schallenden Sprunge davonhüpfte und der Gestörte scheltend auffuhr. Mit bedeutender Gebärde wies der Jüngling auf die Dame, der Markör eilte an diesen Tisch, erbat, sich verbeugend, die Befehle und nahm die verlegene Bestellung eines Tees entgegen.

Dann verbeugte sich Martin seinerseits: »Die Gnädige haben vielleicht mich gewünscht?«

»Sind sie der Herr Verleger Martin?«

»Der bin ich sozusagen, Martin ist mein Name. Mit wem dürfte ich die Ehre haben?« Porzia gab sich zu erkennen.

Martin lächelte. »Die berühmte Eine für alle, ich bin entzückt.«

Mittlerweile hatte der Kellner den Tee gebracht und blieb neugierig oder weiterer Befehle gewärtig, vor dem Tische stehen.

Der Jüngling winkte ihm ab, doch ließ sich der Markör nicht beirren, sondern blieb, bis die Dame verlegen ihr Gegenüber ansah, und Martin hochmütig, das rechte Auge zukneifend, die Stirne runzelnd, zwischen den Lippen hervorstieß: »Verduften!«

»Endlich allein!« flüsterte der Verleger, zog Porzias Hand an seine Lippen und drückte einen respektvollen Kuß auf den duftenden Handschuh, den ihm die Entsetzte eiligst entzog. »Wie können Sie sich so etwas erlauben, rechtfertigen Sie zuerst Ihr unerhörtes Verhalten.«

Martin fuhr mit der Hand über die Stirn, wobei er die Haartolle gleichsam kontrollierte, nahm einen sorgenvollen Ausdruck an und antwortete leise: »Richten Sie nicht, auf daß Sie nicht gerichtet werden, Gnädigste. Man ist das Opfer seiner Verhältnisse.« Damit stützte er das Haupt in die Stirne und sah Porzia tief ins Auge, die seinen Blick zu meiden suchte und ihn immer wieder traf. Die Vorsätze ihres Mutes und ihrer Anklage wurden schwankend, sie brachte nur hervor: »Wie haben Sie so schändlich handeln können?«

»Der Mann ist ein Produkt seiner Zeit, ein Verbrechen der Gesellschaftsordnung, mein Fräulein, ich bin unschuldig. Machen Sie mit mir, was Sie wollen, ich kann nicht anders. Im Elend erzeugt, von den Umständen verfolgt, durch Berufe gehetzt, zu denen man nicht auserwählt ist, nach Höherem strebend, edle Ziele vor Augen, strauchelt man und springt, den Blick nach dem Schönen gerichtet, in den Abgrund des Verderbens.«

Porzia horchte erstaunt auf, der Mann redete eine gewissermaßen ideale Sprache, wenn sie sich gleich nicht darüber täuschte, daß er den Ausdruck aus schlechter Lektüre bezogen; aber aus jedem Worte drang immerhin eine tiefere Empfindung. Sie ermutigte ihn fortzufahren, indem sie schwieg. Er sprach weiter, immer wieder seinen Kampf mit allen widerstrebenden Mächten der Gesellschaft betonend, die an den Tischen des Lebens praßte und den Hungernden, der an den höchsten Gütern teilzunehmen begehrte, mit einem Fußtritt zurückstieß. Er habe sich dessen würdig gefühlt, die Schöpfungen begnadeter Dichter, dabei berührte er Porzia abermals mit einem tiefen Blicke, der Welt zu vermitteln, die solche Werte ebenso mißachtete, wie ihn.

Sie schüttelte schmerzlich bewegt das Haupt. So war es in der Tat. Nun wurde er kühn, sarkastisch, drohend.

»Zeigen Sie mich der Polizei an, tun Sie es! Man steckt mich ins Loch und aus ist's mit mir. Aber was haben Sie davon? Sie werden nur verhöhnt. Wenn man mich einsperrt, machen Sie sich lächerlich und sind ebenso gestraft, wie ich. Wenn aber meine Pläne gelingen, mache ich Ihnen einen Namen.«

»Warum gerade mir?« stammelte Porzia.

Mit vielen, hochfliegenden Worten erzählte Martin seine Taten und sein Mißgeschick.

Als Kind armer, aber ehrenwerter Leute – das Geschlecht seines Vaters habe vorzeiten hoch angesehen zu Ehrenbreitstein am Rheine geblüht und seine Söhne in alle Weltgegenden entsandt, um das Reis der Familie da und dort frisch in neuem Grün treiben zu lassen – wies er so frühe Zeichen von Begabung auf, daß seine Mutter trotz der dürftigsten Verhältnisse ihn nach der Volksschule ins Gymnasium zu bringen gewußt, wo er zwei Klassen überstanden. Gerade inmitten der aufstrebenden klassischen Studien wurde der Vater von einem einstürzenden Gerüst erschlagen und hinterließ seine vielköpfige Familie ohne jegliches Vermögen, dem Elend preisgegeben. Das Fräulein könne sich denken, daß es jetzt mit dem Studieren aus war. »Wissen Sie, was es heißt, ›dira necessitas‹, wie der Lateiner sagt?« fragte Martin und übersetzte auf jeden Fall: das rauhe Muß. Porzia nickte Bejahung. Nun sei er in die Lehre gekommen, zuerst zu einem Schuster, welche schmutzige Hantierung, das Herumtragen der Kinder des Lehrherrn, das Windelwaschen und Schuheliefern! Er sei davongegangen, um sich wegen der freieren Sitten dem Kellnergewerbe zuzuwenden, da mußte er als Piccolo mit Bier und Wein bedienen, von den herrschsüchtigen Zahlmarkören bei den Ohren gebeutelt, die Nächte und Tage auf den Beinen, ohne Schlaf, von den Speiseresten auf den Tellern kärglich genährt. Wieder habe es ihn nicht gelitten, daß sein Drang nach geistiger Betätigung und Fortbildung schonungslos verkümmern sollte. Wochenlang sei er dann ohne Beschäftigung und Lohn gewandert, durch alle Straßen, weit über Land.

»Kennen Sie, meine schöne Gnädige, das Quartier an Brückenpfeilern oder das Hotel bei der Mutter Grün im Sommer, beim Vater Kanal im Winter?«

Porzia schauerte. Aber in all diesen Wechselfällen des Schicksals hält man die Fahne der Bildung und des Ideals hoch. Als Friseurgehilfe schließlich fand er eine zusagende Beschäftigung, indem er in den Arbeitspausen die Zeitung in die Hände und von den Weltereignissen Kunde bekam, wenigstens sozusagen das trockene Brot der Bildung essen durfte, während er bei Nacht sich seinen Phantasieen und Träumen überließ, die ihm ein höheres Schicksal versprachen. In all dieser Zeit habe er von Hunger gequält, von Stellenlosigkeit, von den Versuchungen der Großstadt und eines jungen, schutzlosen männlichen Geistes erschüttert, bei seinem idealen Streben ausgeharrt, wovon seine Tagebücher und Gedichte wohl Zeugnis geben konnten, wenn irgendein erleuchteter, gebildeter Verstand sich herabließe, sie zu würdigen. Wo aber sollte seinesgleichen Teilnahme finden bei den Satten und Egoisten dieser Stadt. Doch trifft jeden, der es verdient, einmal eine Erleuchtung: eines Tages studierte er den Büchereinlauf eines großen Blattes, dem so recht im Überfluß all die Erzeugnisse der Literatur gespendet würden. Wie wäre es, wenn er sich der fremden Talente annähme und als Verleger aufträte, eine Laufbahn, zu der er sich wie in hoher Offenbarung berufen, ja auserwählt dünkte! Wie schön sei doch dieses Gewerbe! Da sitze ein Mann in seinem wohlausgestatteten Kontor, ganz allein, denn im Anfange bedürfe er nicht einmal fremder Hilfe, er sitze also am Schreibtische, ein reinliches Tintenfaß, eine Löschpapiermappe, eine Schere und etwa ein Glas Bier vor sich und empfange den Einlauf. Aus aller Herren Ländern, wo man Deutsch spricht, fühlt und sozusagen auch schreibt, strömen ihm mit jeder Post hoffnungsvolle Manuskripte in jedem Format zu, packende Dramen, handlungsreiche Romane, lebende Gedichte. Er hat nicht einmal »herein« zu sagen, denn der Briefträger weiß ihn auf jeden Fall zu finden. Nachlässig nimmt er die Sendungen in Empfang, er zahlt niemals Strafporto, denn alles ist wohl frankiert. Und nun sitzt er da und braucht eigentlich bloß die Papiere in der Hand zu wägen und zu knobeln: bring ich das oder weis ich's ab, denn erstens sei der Erfolg solcher Erzeugnisse sicherlich eine Lotterie, und zweitens könne man die schönsten Treffer nicht nur umsonst, sondern gegen einen reichlichen Ersatz der Kosten sich aneignen und dann noch das Lob des Verständnisses und der Prophetengabe des besten Geschmackes dazu genießen.

Hinwiederum welche Lust, ein solches Buch auszustatten, gleichsam so recht zu bekleiden er neigte bei diesem Vergleiche huldigend sein Haupt vor der errötenden Porzia – denn wie nur ein schönes Weib, ist auch ein schöner Roman erst etwas wert im Schmucke der Ausstattung, etwa im Goldschnitt mit vorzüglichen Ornamenten und dergleichen. Bei schlechter Laune könne man seine Stimmung mit Macht und Nachdruck entladen, indem man durch einen hingeworfenen Brief ein hoffendes Herz vernichte und einen Dichter durch den tätlichen Hohn der Ablehnung sozusagen abmurkse. Auch sei dabei nichts gewagt, denn im Grunde sei ja doch alles nichts wert oder zumindest gleichgültig.

Porzia blickte erstaunt auf.

»Hand aufs Herz, meine Gnädigste, sind nicht fünfzig Prozent von Goethes Werken, aufrichtig gesprochen, ein Schund?«

Porzia schwieg.

»Es kommt nur auf den Geschmack an, ich bin für das Aufregende, Spannende, Belehrend-Unterhaltende.«

Mit einer großen Gebärde seiner ausgestreckten Rechten beschrieb er einen weiten, gleichsam das ganze Gebiet der schönen Literatur umfassenden Kreis, wobei sich die schottisch-karrierte Zelluloidmanschette ungestüm hervordrängte und mit nachlässigem Ruck wieder unter den Ärmel verwiesen wurde. Freilich habe er noch kein eigenes Kontor, nicht einen Heller Anfangskapital besessen, aber dies alles zu beschaffen war eben die Aufgabe seines Genies. Warum sollten die Dichter nicht auf einen Lockruf herbeifliegen, wie Spatzen? So schrieb er denn an einem recht heiteren Morgen, gleich als sein Entschluß ihm aus den Wolken zugefallen, ein Dutzend Briefe, indem er den Büchereinlauf eines Journales und einen alten ausgeliehenen Literaturkalender zu Hilfe nahm, an verschiedene Autoren. Postwendend bekam er Antwort, mehr als das, schwere Sendungen von unverkauften Auflagen noch nicht gewürdigter Werke.

Porzia fragte schüchtern : »Was taten Sie nun ?«

»Ich dachte an das Anfangskapital!«

»Wie das?«

»Ich habe die Bücher versilbert, meine Gnädigste.«

»Alle ungelesen?«

»Freilich. Es waren ja lauter unaufgeschnittene Exemplare, also für neu zu verkaufen. Sie gingen wie die frischen Semmeln ab, allerdings zu Spottpreisen, auch etliche Vorschüsse in barem kamen mir zugute.«

»Und alles haben Sie so verschleudert?«

»Ja, ich bekenne mich schuldig, aber der Mensch muß leben, denken Sie gütigst an die heutige Teuerung, man muß den Schneider bezahlen, anständige Schuhe tragen, man hat als Kulturmensch doch gewisse Bedürfnisse, nicht wahr: Kaffeehaus, eine Partie Billard und dergleichen. So könnte ich mich beispielsweise nicht ohne die Pejacsevichhose denken«, dabei schlug er leicht auf sein in der Tat schönfarbenes Beinkleid und erläuterte der Porzia in einem Seitenwege des Gespräches, dem nachzugehen zu weit führen würde, die besonderen Vorzüge dieses Offizierstuches, das nach einem Heerführer so heißt, der sich offenbar in der Erfindung von Hosen ausgezeichnet.

»Es ist ja ein Leichtsinn gewesen, sozusagen«, fuhr er fort, »aber ich habe diese Summen eben nur als eine Art von Vorschuß angesehen, den mir niemand aus freien Stücken bewilligt hätte. Zuerst kommt das Leben, dann die Bildung, zuerst mußte ich mir auf die Beine helfen, dann konnte ich vielleicht einmal die Literatur unterstützen. Wir sind ja praktische moderne Menschen, nicht wahr? Wenn ich nicht wüßte, daß Sie, mein Fräulein, die Taten des Genies und eines, ich darf wohl sagen, nicht gewöhnlichen Menschen, besser zu würdigen wissen, als die gemeine Plebs, würde ich nicht so unumwunden zu Ihnen sprechen. Nämlich, so bin ich.«

Porzia dachte bei diesen Worten an den Vers eines großen Dichters: »Ich bin ein Mensch mit seinem Widerspruch.«

»Und jetzt?«, fragte sie.

»Jetzt? Gibt es für den denkenden Menschen ein Jetzt? Ich weiß zuversichtlich, kann ich nur ein paar Monate ausharren, läßt man mir Zeit, so mache ich die Sache, denn ich bin der Richtige, aber man fasse sich in Geduld, ein solches Geschäft wird nicht auf ja und nein, es verlangt seine Vorbereitung, wenn diese Dichter nur nicht gar so ungeduldig wären, ein Verlag braucht nicht so lang, wie die Unsterblichkeit. Aber anstatt mir unter die Arme zu greifen, schicken sie mir Drohbriefe, man hetzt mich wie mit Hunden.«

»Warum beantworten Sie kein Schreiben?«

»Ja Gnädigste, was sollte ich denn antworten? Schweigen ist auch eine Antwort. Literatoren sind unverschämt, man straft sie mit Stillschweigen. Es wird schon die Zeit kommen, wo ich diesen armen Teufeln ihren Bettel hinwerfe. Aber freilich, wenn man mich so jagt, muß ich meine Wohnung geheim halten und meinen Betrieb einstellen und stehe wieder dort, wo ich vordem war.«

Porzia schüttelte den Kopf: »Auf diese Art finden Sie doch niemals aus den Schwierigkeiten heraus?«

»Allerdings nicht, meine Gnädigste sind die erste, die mich wirklich edelmütig angehört und verstanden hat. Warum haben die anderen nicht Vertrauen zu mir gehabt? Auch Vertrauen ist ein Vorschuß. Entziehen Sie einem Geschäftsmanne das Vertrauen, so fällt er um und kommt ins Kriminal. Diese Schwärmer zäumen das Pferd beim Schwanz auf, sie verlangen zuerst die Auflage und das Honorar, dann soll das Vertrauen kommen. So geht es nicht. Entweder werde ich ein moderner Verlag, oder ich sitze im Gefängnis. Schlechter als es mir schon ergangen, wird's nicht werden. Was nützt mir der ehrliche Name, wenn er nicht einmal ein bißchen Geduld und Kredit wert ist? Alles oder nichts. Sie verstehen mich, da haben Sie meine Geschichte. Das ist mein Leben. Jetzt zeigen Sie mich an.«

Porzien war ganz verwirrt zumute; alle Begriffe von Recht und Sitte sah sie auf das kühnste verdreht, vom Standpunkte dieses nicht einwandfreien, aber zweifellos originalen, urwüchsigen Menschen betrachtet, befanden sie sich auf dem Kopf. An die Dialektik moderner Lebensanschauungen gewöhnt, fühlte sie sich mit der allgemeinen weiblichen Anempfindungsfähigkeit und mit der besonderen literarischen Schmiegsamkeit, die sie auszeichnete, in diesen Geist ein, der eigentlich das alles erlebte und in Tat umsetzte, was in so vielen Büchern verherrlicht erschien: die moralische Umwertung und die skrupellose Ausnützung der menschlichen Dinge für den höheren Zweck einer Siegernatur. Dazu unterlag sie auch dem eigentümlichen Lächeln dieses Mundes, der ungezogen, doch nicht ohne Anmut das Blaue vom Himmel herunter schwätzte, dem sicheren Herrscherblick dieser Augen, die ihr Verständnis, ihre Gnade geradezu erzwangen. Sie war in einer merkwürdigen Lage diesem jungen Menschen gegenüber, der sozusagen aus der findigen Natur heraus zu den höheren Angelegenheiten in Beziehung trat und auf seine Art die Anregungen erwiderte, unverkümmert, schlagfertig, volkstümlich und gerissen. Selbst die Phrasen, die er überall benützte, verrieten Geist, der nur der Veredlung, der Teilnahme, einer zarten Mitempfindung bedurfte, um sich vielleicht glanzvoll zu entwickeln. War sie berufen, einen solchen Menschen verständnislosen Paragraphenrichtern auszuliefern und ins Verderben zu stürzen, oder vielmehr, ihn zu retten, hinanzuführen und dem Leben recht eigentlich zu schenken?

In diesem schweren seelischen Kampfe wandte sie sich endlich errötend ihrem Gegenüber zu, das in Gedanken versunken, mit der Hand die Spuren des Schnurrbartes liebkoste und sie nun wieder bedeutend anblickte: »Warum haben Sie dies alles gerade mir gesagt?«

»Weil Sie die erste waren, die mir Gehör geschenkt, eine begnadete Dichterin, im wahrsten Sinne. Eine für alle, eine vornehme Frauenseele nämlich. Das erkennt ein Mann wie ich sofort.«

»Also haben Sie mein Buch gelesen?«

Mit leisem Lächeln, aber verbindlich erwiderte Martin: »Nein, leider nein, muß ich sagen, meine Geschäfte erlaubten mir das nicht.«

Also hatte er auch ihre ganze Restauflage verkauft! Porzia schwankte wieder zwischen Entrüstung und Gnade.

»Wie wollen Sie mich dann würdigen, wie soll ich Ihre Anerkennung für mehr als bloße Schmeichelei ansehen?«

»Verzeihen untertänigst ich konnte keine Ausnahme machen und mußte alle Autoren gleich behandeln. Aber ein gewisses geheimnisvolles Ahnen ließ mich gerade ein Exemplar von »Eine für alle« zurückbehalten. Ich will das Versäumte nachholen, aber ich brauchte das Werk eigentlich nicht zu lesen, denn ich weiß alles, was darin steht, nachdem ich die Ehre hatte, mit der Gnädigsten Bekanntschaft zu pflegen.«

»Sie müssen es aber doch wohl lesen. Erst dann werden Sie mich ganz verstehen.«

»Ja und ich will mir die Freiheit nehmen, mein Urteil unumwunden zu äußern und erbitte mir das Gleiche von dem gnädigen Fräulein.«

Er trug ihr an, auch seine Gedichte, die er in sauberer Reinschrift beim Oheim verwahrte, sogleich ihrem kundigen Urteil zu unterbreiten.

Porzia konnte ihm diesen Dienst nicht wohl versagen. Damit war das Zeichen zum Aufbruch gegeben. Die Verfasserin bemerkte jetzt wohl, wie lange sie hier verweilt hatte und staunte über diese Selbstvergessenheit.

Martin pfiff dem Kellner, der beflissen herbeieilte und das von Porzien und ihrem Verleger Genossene ansagte, die Zeche rasch und hoch bemessend. Martin griff nachlässig und langsam zuerst in die rechte, dann in die linke Tasche der Pejacsevichhose, Porzia bemerkte die Verlegenheit und sagte errötend: »Ach, Sie erlauben wohl?«, beglich die Zeche mit einer blauen Note und überließ dem Markör, mit dem Martin einen raschen Blick des Einverständnisses wechselte, den ganzen Rest, wodurch Martins Kredit in diesem Kaffeehaus offenbar eine Stärkung erfuhr.

Dann erhoben sie sich. Der Verleger half Porzien in den Mantel, begutachtete mit künstlerischem Verständnis den breiten Hut, den das Fräulein vor dem Spiegel auf ihren Locken zurechtschob, reichte ihr Schirm, Handtasche und Muff. Auf der Straße angelangt, bat er sie nur um einen Augenblick Geduld, bis er sein Manuskript geholt, stürzte davon und kehrte nach wenigen Minuten atemlos zurück, in der Hand sowohl das rote Büchlein mit den ausgestreckten blanken Armen, als ein Heft weißer Blätter, das er ihr mit tiefer Verbeugung überreichte, nochmals um ihre Gnade bittend.

Porzia versprach, es genau zu lesen, sein Angebot, sie zu begleiten, wies sie zurück. Aber als er um ein Wiedersehen flehte, konnte sie nicht umhin, es zu gewähren, denn wie sollten sie ihre Meinungen und Eindrücke sonst austauschen.

Hier, wo sie gewiß keinen Menschen aus ihrer Gesellschaft treffen und durch üble Nachrede nicht beirrt werden konnte, wollte sie denn in Gottesnamen ihm wieder begegnen. Er flüsterte »morgen«. Sie warf das Haupt zurück und sagte abweisend: »Übermorgen!« Er beugte sich in Demut und küßte ihre Hand. Damit schieden sie.

Daheim machte sich Porzia gleich an die Lektüre von Martins poetischem Tagebuch. Der Umschlag war mit sorgfältiger, von zierlichen Schnörkeln umrankter Handschrift dergestalt bedeckt, daß die großen Lettern ein von einem Pfeil durchbohrtes Herz bildeten, wie denn auch der Titel als »Herzblut« zu enträtseln war. Der Inhalt erwies sich als ebenso sorgfältig kalligraphiert.

Porzia, deren feiner Geschmack recht modern ausgebildet, die merkwürdigsten Kühnheiten des Satz- und Versbaues, die ungereimtesten Gedankengänge sowohl verstand, als verlangte, mußte freilich bekennen, daß diese Gedichte zum größten Teile einfältig, ja kindisch waren. Die kümmerlichsten Reime trafen aufeinander und hatten dem Poeten wunderliche Einfallssprünge aufgenötigt. Da sie aber den Verfasser kannte und sich unablässig vorstellen mußte, verband sich der Eindruck, den sie von seiner eigentümlich dreisten, munteren Person empfangen hatte, mit der Harm- und hilflosen Einfalt dieser Poesieen und regte von neuem ihre Empfindungen an: war sie in diesem Burschen nicht eigentlich einem Charakter begegnet, der in mancher Beziehung ihren stillen Forderungen und Wünschen entsprach? War dies nicht ein Geist, der über die Hindernisse der zugleich strengen und gemeinen Bürgermoral mit beiden Füßen in die volle Freiheit des Menschentums sprang, unschuldig und naiv, wie ein Kind, dabei mehr als genug gewitzigt? Hatte er sich nicht auf seine Weise des Lebens erwehrt und war dabei recht eigentlich ein anmutiger, kecker Jüngling geblieben, eines besseren Loses würdig?

Auf dem letzten Blatte der Gedichte las sie einen wissentlichen und willentlichen Unsinn, welcher ihr so recht den ganzen Schalk aufs glücklichste vorzustellen schien.

»Stammbuchblatt.

Erinnerung ist die Taucherglocke, mittelst welcher der Mensch in den Ozean seiner Vergangenheit hinabgelangt. Wohl dem, der aus diesem reißenden Strome des Daseins nur Korallen hervorgefischt, die er sich zu einem grünen Kranze verknüpft, in ernsten Stunden an einem dürren Aste seines Lebensbaumes aufhängt.«

Sie wurde an diesen beiden Tagen in einem unveränderlichen, immer wieder und wieder begangenen Kreise der Empfindungen von Abwehr und Neigung, deren sie sich gleich auch schämte, sozusagen umgetrieben, bis sie zur bezeichneten Stunde – die frühe winterliche Dämmerung erleichterte das immerhin fragwürdige Vorhaben – von demselben Gedanken unaufhaltsam fortgehetzt, erst mit einiger Sorgfalt sich zum Stelldichein rüstete, den großen Hut vorsichtig und ein wenig schief, wie er es damals vor dem Spiegel empfohlen, auf die in die Stirne gekämmten und wohlgerollten Locken setzte. Schirm und Täschchen und auch das Manuskript von Herrn Martins Lebensbeichte ergriff, dann ohne Abschied von der besorgten Mama, deren Fragen sie ausweichen wollte, auf die Straße eilte, erregt einen Tramwaywagen bestieg und unversehens vor dem kleinen, schmutzigen und unwürdigen Kaffeehäuschen stand, wo der Verleger sie erwarten sollte.

Hier pflegten wohl die Arbeiter und kleinen Handwerker nach Feierabend einen späten Jausenkaffee einzunehmen, oder bei Rum und Bier, Grog oder Punsch Karten zu spielen, ein paar Zeitungen zu lesen und dergleichen. Um diese Zeit – vor vier Uhr nachmittags – lag der dumpfe, schmale, dürftige Raum noch ganz still und leer da, wie damals am Morgen. Aus Sparsamkeit war auch nur ein Gaslicht angezündet und dieses tief herabgeschraubt, so daß es ganz düster brannte. Am Büfett, wo bei reichlicherem Verkehr gewiß eine sogenannte Sitzkassiererin zu thronen pflegte, standen ungeordnet ein paar verwahrloste Geschirre, lehnte der Markör und rauchte im Halbschlafe eine Zigarre. Als sie eintrat und in der gewohnten Ecke Martins Tisch leer fand, wollte sie schon umkehren, um ihn lieber draußen zu erwarten. Aber der Kellner hatte gleich

den vornehmen Gast bemerkt, wie eine scheinbar im Netze hin-
dämmernde Spinne eine goldschimmernde Fliege wahrnimmt und
im Sturze ergreift, eilte mit einem höflich freudigen Ausruf auf sie
zu, packte ihre Habseligkeiten, trug Täschchen, Muff, Schirm nach
dem bekannten Platze, fragte mit sicherem Ton, ob sie einen Tee
befehle, schob den Stuhl zurecht, so daß sie widerstandslos darauf
Platz nahm, häufte alle vorhandenen Zeitungen vor ihr auf, brachte
bald den Tee und blieb, offenbar begierig, ein Gespräch anzuknüp-
fen, in ihrer Nähe stehen. Porzia fügte sich beschämt ins Unvermeidliche und saß recht in sich versunken da.

Endlich zog sich der Kellner wieder auf seinen beherrschenden
Posten am Büfett zurück und so verging eine Viertelstunde, bis
endlich Martin rasch und wie es schien, erregt zur Tür hereinstürm-
te, mit scheinbar geistesabwesender Höflichkeit Porzien begrüßte
und seufzend neben ihr Platz nahm.

Der Markör brachte ihm, ohne seine Bestellung abzuwarten, den
offenbar gewohnten Kognak. Endlich flüsterte der junge Mann zu
Porzia: »Sie sind ein Engel.« Trotzdem sie unter anderen Verhältnissen diese Anrede sowohl als banal, wie auch als etwas allzu ver-
traulich verachtet hätte, würdigte sie sie hier als bezeichnenden
Ausdruck eines durchaus ungewöhnlichen Menschen, zumal Martin auch sofort in überstürzten Worten erzählte, daß die Verfolger
ihm auf den Spuren seien, schon habe die Polizei nach ihm ge-
forscht und ein Verhör, am Ende gar eine Verhaftung stünde ihm
bevor, wenn er nicht einen neuen Ausweg fände. »So sind diese
Autoren«, schloß er voll Bitterkeit. Sein Schuster und Schneider
hätten Geduld, sein Oheim, selbst ein armer Teufel, quartiere ihn im
eigenen Bette ein, nicht recht nobel zwar, wie sich Porzia überzeugt
habe, doch immerhin geduldig, ja großmütig, aber ein Dichter be-
sitze keinen Funken von Menschlichkeit oder Gemüt. Da habe ihm
einer auf einen Neudruck von Gedichten, von was für Gedichten
müsse sie wissen, für Käspapier zu schlecht, einen Vorschuß von
fünfzig Gulden gewährt, alles brieflich, ohne sich auch nur zu ver-
gewissern, ob es denn in der Tat einen Verleger Martin gebe, und
jetzt bestehe der leichtsinnige Narr darauf, daß dieser Band erschei-
ne oder das vorgestreckte Geld sofort zurückgezahlt werde. Wie
immer schreie so einer gleich nach der Polizei. Aber er werde nicht
nachgeben, so einen Schund wolle er um keinen Preis veröffentli-

chen, dazu sei ihm sein Name zu gut. Bei diesen Worten hatte der beflissene Markör alle Gasflammen entzündet, so daß Martin mit einem Male vom hellsten Lichte bestrahlt, gleichsam in voller Verlegerglorie vor Porzien saß.

Was war nun zu tun? Das Geld zurückschicken und mit einem wohlgesalzenen Briefe, das war die einzige Antwort. Aber woher nehmen?

Infolge seiner mißlichen Geschicke hatte er schon seit Wochen auf seine an die verschiedenen Autoren ausgesandten Briefe keine Antwort mehr erhalten, noch weniger etwa Exemplare, die man zu Geld machen konnte oder gar Barvorschüsse. Da saß man nun auf dem Trockenen.

Sie kämpfte lang mit ihren Bedenken. Durfte, konnte sie dem Bedrängten ihre Hilfe, das bißchen Geld anbieten, ohne fürchten zu müssen, daß sein Stolz sie zurückwies? Bevor er sie gekannt, mochte er sie vielleicht getrost prellen, aber jetzt! Endlich sagte sie schüchtern, wenn es sich nicht um mehr handle, könne sie ihm vielleicht behilflich sein, falls er es gestatte. O, und ob er dies tat! Er lachte, sah sie strahlend an, war sie vielleicht nicht ein Engel? Ein guter Dichter ist immer auch ein guter Mensch, versicherte er und sprühte dann vor Witz. Er war aus dem Wasser, jetzt mußten sie gemeinsam den Brief an den unverschämten Autor aufsetzen, er wollte den Hohn, Porzia sollte den Stil liefern. Der Markör mußte ein Tintenfaß und Papier bringen und die beiden verfertigten das Schreiben:

»Euer Wohlgeboren! Wenn ich die Kühnheit hatte, einen Verfasser ohne Rang und Namen der Aufnahme in einen modernen Verlag würdigen zu wollen, geschah dies in der, wie sich leider erwies, durchaus unbegründeten Voraussetzung, sein Werk würde bei aller Nachsicht wenigstens einigermaßen den Anforderungen entsprechen, die man an Gedichte zu setzen berechtigt, ja verpflichtet ist. Zu meinem Leidwesen fand ich Ihre Hervorbringungen so uninteressant, so dürftig, um es rund herauszusagen, so talentlos, daß der Betrag von fünfzig Gulden, den Sie behufs Ankaufes der Restauflage mir überwiesen haben, wahrlich nicht ausreicht, das Mißvergnügen zu bezahlen, mit dem ich die Lektüre erkaufen mußte. Sie hatten die Stirne, die Polizei zur Wiedererlangung des Bettels anzurufen. Obgleich meine Bemühungen, an eine unwürdige Sache verschwendet, wie immer in der Welt unvergolten bleiben und durch Ihr Vorgehen den einfachsten Geboten der Dankbarkeit ins Gesicht geschlagen wird, ziehe ich es vor, die Summe gleichzeitig zu retournieren, um hiedurch ein für allemal von Ihren Geistesprodukten losgekauft zu sein. Ich verlege nur Werke, zu denen ich ein persönliches Verhältnis gewinnen kann. Bei den Ihrigen bin ich dazu außerstande und zeichne mit der Ihnen gebührenden Achtung....«

Porzia schrieb, während Martin einen boshaften Satz nach dem andern vorschlug, den die wortkundige Dichterin in die richtige Form brachte, ohne auch nur die früher so stark gefühlte Solidarität mit den gekränkten Autoren, mit der beleidigten Literatur als Mahnung des Gewissens zu empfinden. So verschieben sich eben Recht und Unrecht mit dem jeweiligen Standorte der Betrachtung.

Schon sah Porzia den angehenden Verleger mit anderen als den Augen des verletzten Autors an, schon spürte sie andere als die Stimmen der unterdrückten Poesie, schon würdigte sie den jungen Mann um seiner selbst willen.

Während sie nach der köstlichen Rache an dem Lyriker über das vollendete Briefkunstwerk lachten, bemerkte Porzia, daß Martins schwarzes, ein wenig abgetragenes und leise glänzendes Jakkett an der Schulter aus einer aufgetrennten Naht das schmutzig gelbe Futter sehen ließ. Da zog sie aus ihrem Täschchen, ein sorgliches Frauenzimmer wie sie war, den immer mitgeführten Zwirn und eine Nadel hervor, mahnte den jungen Mann, still zu sitzen und begann den Schaden mit raschen Stichen zu flicken. Während sie so über ihn gebeugt stand, daß ihre blonden, gekrausten Haare seine Wangen, ihre Atemzüge sein Gesicht berührten, schlängelte er sich geschickt empor und drückte einen Kuß auf ihren Hals, was sie geschehen lassen mußte, um ihn nicht zu stechen und um die Aufmerksamkeit des Kellners nicht zu erregen.

Dann litt es sie aber nicht mehr länger in dem schwül gewordenen Raum, sie bezahlte rasch die Zeche und verließ mit Martin das Kaffeehaus. Draußen hängte er sich an ihren Arm, und wieder ließ sie es wie betäubt und willenlos geschehen. Zuerst von den beiderseitigen Gedichten sprechend, kamen sie in eine menschenleere Gegend, zu öden Bauplätzen, der Schnee fiel und glitzerte auf ihren

Kleidern, in ihren Haaren, oben am Himmel glänzten die Sterne der weißen Winternacht, und da war es nicht weiter zu wundern, daß sie die Literatur vergaßen und sich dem poetischen Erlebnisse zuwandten, welches wie immer darin gipfelte, daß ein Mund sich zu einem anderen Munde fand.

In der nächsten Zeit erbat und erhielt Porzia von ihrem gutmütigen Papa eine beträchtliche Vermehrung des Taschengeldes. Bald darauf tauchte bei dem Jour, den sie Freundinnen und literarischen jungen Leuten in ihrem wohleingerichteten Boudoir allwöchentlich zu geben pflegte, ein neuer Gast auf, Martin, der durch seine gewinnende Urwüchsigkeit, durch seine ungezwungene wienerische Art unter den steifen, gesellschaftlich erstarrten Salonmenschen Aufsehen erregte. Porziens Eltern, die dem Freiheitsdrange ihres begabten Kindes seit jeher keine Hindernisse in den Weg zu legen vermochten, mußten sich, obwohl mit innerem Widerstreben, daran gewöhnen, daß man den Namen des ganz unbekannten jungen Mannes mit dem ihrer Tochter in eine verheißungsvolle Verbindung brachte. Da sie für alle Äußerungen des Genies nur ein entzücktes Ja gehabt, zum ersten bewunderten Gedicht Ah! gesagt und alle Stadien des weibtümlichen Alphabets willenlos mitgemacht hatten, konnten sie, als es das dringliche Z galt, nicht verstummen. So fand die Verlobung Porziens mit dem angehenden Verleger statt. Die reichliche Mitgift erlaubte dem jungen Manne, seine kühnen Pläne aufs großartigste zu verwirklichen. Das erste Werk, das er publizierte, war, kurz nach den Honigwochen, ein gesunder Leibeserbe, das zweite aber bald darauf, im modernsten, von einem augenblicklich höchstgeschätzten Künstler hergestellten Buchschmucke eine neue Dichtung Porziens, welche alle Stadien einer leidenschaftlichen weiblichen Liebe, Hingebung, Bewunderung, Seligkeit und Sinnlichkeit mit sozusagen antiker Aufrichtigkeit besang.

Die Presse, ordentlich vorbereitet, verfehlte auch nicht, die Novität unter dem schönen Kennzeichen »Herzenskunst« gebührend in Umlauf zu setzen. Später aber hielt Martin darauf, nur Autoren von erstem Namen für seine Firma zu gewinnen, da er gewissermaßen auf den Rang seines Geschäftes bedacht, dem neuen Verlag den Glanz eines literarischen Adels und echter Vornehmheit zu sichern wünschte, die nur bei Bewährtem sich bewährt. Die armen Schlucker von hoffenden, wünschenden, bittenden Poeten aber, die mit wohlfrankierten Manuskripten bei ihm anpochten, pflegte er mit kühlen, kurzen Briefen abzuweisen, in denen er das wichtigste Geschäftsprinzip zu betonen niemals unterließ, daß er nur solchen Publikationen näher treten könne, zu denen er ein persönliches Verhältnis zu gewinnen vermöge, was leider bei der geehrten Sendung ausgeschlossen sei.

Was Wunder, daß ihm nun alles nach Wunsch ausschlug. Sein fünfzehnjähriges Geschäftsjubiläum wurde zugleich mit dem Hochzeitstage gefeiert. Drei Kinder, ein heranwachsendes Mädchen, das bereits bemerkenswerte poetische Gaben ausstreute und zwei muntere Knaben zierten die glückliche Ehe, und der Vater unterließ nicht, die Geschichte von der Gründung seines Verlages, freilich der reiferen Jugend angepaßt, wiederholt zu erzählen, so daß sie, von Generation zu Generation als Familiensage ausgeschmückt und bereichert, erhalten bleiben und auf die Nachwelt kommen dürfte, wie so mancher rührende, kaum glaubliche und doch verbürgte Zug aus der Vergangenheit edler Geschlechter.

Über tredition

Eigenes Buch veröffentlichen

tredition wurde 2006 in Hamburg gegründet und hat seither mehrere tausend Buchtitel veröffentlicht. Autoren veröffentlichen in wenigen leichten Schritten gedruckte Bücher, e-Books und audio-Books. tredition hat das Ziel, die beste und fairste Veröffentlichungsmöglichkeit für Autoren zu bieten.

tredition wurde mit der Erkenntnis gegründet, dass nur etwa jedes 200. bei Verlagen eingereichte Manuskript veröffentlicht wird. Dabei hat jedes Buch seinen Markt, also seine Leser. tredition sorgt dafür, dass für jedes Buch die Leserschaft auch erreicht wird.

Im einzigartigen Literatur-Netzwerk von tredition bieten zahlreiche Literatur-Partner (das sind Lektoren, Übersetzer, Hörbuchsprecher und Illustratoren) ihre Dienstleistung an, um Manuskripte zu verbessern oder die Vielfalt zu erhöhen. Autoren vereinbaren direkt mit den Literatur-Partnern die Konditionen ihrer Zusammenarbeit und partizipieren gemeinsam am Erfolg des Buches.

Das gesamte Verlagsprogramm von tredition ist bei allen stationären Buchhandlungen und Online-Buchhändlern wie z. B. Amazon erhältlich. e-Books stehen bei den führenden Online-Portalen (z. B. iBookstore von Apple oder Kindle von Amazon) zum Verkauf.

Einfach leicht ein Buch veröffentlichen: **www.tredition.de**

Eigene Buchreihe oder eigenen Verlag gründen

Seit 2009 bietet tredition sein Verlagskonzept auch als sogenanntes "White-Label" an. Das bedeutet, dass andere Unternehmen, Institutionen und Personen risikofrei und unkompliziert selbst zum Herausgeber von Büchern und Buchreihen unter eigener Marke werden können. tredition übernimmt dabei das komplette Herstellungs- und Distributionsrisiko.

Zahlreiche Zeitschriften-, Zeitungs- und Buchverlage, Universitäten, Forschungseinrichtungen u.v.m. nutzen diese Dienstleistung von tredition, um unter eigener Marke ohne Risiko Bücher zu verlegen.

Alle Informationen im Internet: **www.tredition.de/fuer-verlage**

tredition wurde mit mehreren Innovationspreisen ausgezeichnet, u. a. mit dem Webfuture Award und dem Innovationspreis der Buch Digitale.

tredition ist Mitglied im Börsenverein des Deutschen Buchhandels.

Dieses Werk elektronisch lesen

Dieses Werk ist Teil der Gutenberg-DE Edition DVD. Diese enthält das komplette Archiv des Projekt Gutenberg-DE. Die DVD ist im Internet erhältlich auf **http://gutenbergshop.abc.de**

Zeitfracht Medien GmbH
Ferdinand-Jühlke-Straße 7
99095 Erfurt, Deutschland
produktsicherheit@kolibri360.de